鲁迅文学奖

得 主

散 文 书 系

两个女子夜晚饮酒

路也 著

中国文史出版社

图书在版编目（CIP）数据

两个女子夜晚饮酒 / 路也著. -- 北京：中国文史
出版社，2025. 1. --（鲁迅文学奖得主散文书系）.
　ISBN 978-7-5205-4842-7

　Ⅰ. I267

　中国国家版本馆 CIP 数据核字第 2024YV8703 号

选题策划：江　　河
责任编辑：卢祥秋
装帧设计：锦色书装

出版发行：**中国文史出版社**

社　　址：北京市海淀区西八里庄路 69 号院　　邮编：100142
电　　话：010-81136606　81136602　81136603（发行部）
传　　真：010-81136655
印　　装：廊坊市海涛印刷有限公司
经　　销：全国新华书店
开　　本：880×1230　1/32
印　　张：8　　　　　字数：124 千字
版　　次：2025 年 1 月第 1 版
印　　次：2025 年 1 月第 1 次印刷
定　　价：66.00 元

作者简介

路也　第八届鲁迅文学奖得主。诗人，小说家，散文随笔作家，兼及创意写作、中西诗歌比较等方向的研究。现为济南大学文学院教授。已出版各类著作三十余部，近年的主要作品有诗集《天空下》《大雪封门》、散文集《飞机拉线》《未了之青》、学术随笔集《写在诗页空白处》《蔚然笔记》等。亦曾获华文青年诗人奖、人民文学奖、丁玲文学奖等奖项。

写在前面

我们怀着由衷的敬意，编辑了这一套散文丛书。

鲁迅先生是中国新文化运动的旗手，是近现代历史上对中国社会思想文化发展具有重大影响的文学家。以他名字命名的"鲁迅文学奖"，是中国文学奖的最高荣誉之一，自创立以来，一直拥有良好的口碑和广泛的影响力。那些获得鲁迅文学奖的作家作品，毫无疑问地推动了我国文学事业的繁荣发展。

这些获奖作家分别生活在祖国的东南西北，年龄跨度从"50后"到"80后"，写作门类包括小说、散文、诗歌、评论。他们都曾创作出佳作名篇，是堪称名家的优秀作家。编辑出版这套"鲁迅文学奖得主散文书系"，我们的初衷正是让这些优秀的小说家、散文家、诗人、评论家聚集在一起，将他们各自独具的生命体验和写作风格，以群峰连绵的形式呈现出"横看成岭侧成峰"的写作景观，向广大读者奉献这个值得阅读和保存的作品系列。

在这些作品的编辑过程中，我们看到了他们不同的阅历和表达方式，看到了他们卓尔不群的文学才华和让人叹服的写作能力，看到了他们观察事物的独特角度和对自己生活、创作的诚意表达，看到了他们纷繁复杂的生活境遇和丰富悠远的精神世界。从这些文字中，我们感受到了作家对大自然和世间万物的悲悯，对岁月悠长、时光消逝的感喟和思索，对身边细微琐事的提炼和回味，对辽阔人间的关怀以及对世道人心和生命本身的探寻与思索。

我们以诚挚的愿望和认真的劳动，向亲爱的读者推荐这个书系，也以此向在写作道路上辛勤耕耘的作家们致敬，向创立近四十年的鲁迅文学奖致敬，向在岁月的上游一直如星光般以风骨和精神令后世仰望的鲁迅先生致敬。

编　者

2025 年元月

目 录

山巅之上是星空

　　速度节省了时间，医学延长了寿命，遗憾的是，却发现这一生并未变得更加漫长，相反，倒是变得更加短促了。时间似乎被安装上了加速器。可见，时间和空间并不是绝对数值，天涯海角变成了隔壁，所谓相思、乡愁、遥远、离别，这些词语都需要被重新定义，而在任何时候都不会被重新定义的，只能是那些具有恒久性的事物。

　　中秋时节，约了两个好友去山中小住，为了能够夜里跑到山巅上去看星星。人到中年，出城进山，只是为了看星星。这片山区正好处于四市交界的地带，随便一个转身，就从一个城市到了另一个城市。从总体上来说，这算是群山之中的一大片高爽的台地，而台地边缘同时还有更高的山巅。天渐渐黑下来了，我们爬到高处，在荒野里，仰着头。

　　因为空气质量和城市灯光等原因，已经许多年没有看到星星了。原以为它们也许都已经消失了，没想到它们竟一颗不少地还挂在那里，一颗又一颗，伶牙俐齿。有的远，有的近，大小和亮度不一，它们如此密集地聚在头顶上，使人狂喜的同时，其强度和烈度竟还产生出一种让人喘不过气来的重压。很久没有这样长时间地仰望夜空了，想到看上去相距很近的星星之间的实际距离其实要以光年来计，要动用宇宙飞船走上很久，想到地球不过是这浩瀚银河中的小星一颗，想到自己不过是待在这颗小星上的极小的一隅，想到自己在这宇宙间连一粒尘埃都算不上……

当我们站在那里仰望满天星星时，在我们水平正前方不远处，两千五百年前的齐长城正蜿蜒着从山脊上经过，墙体颓败到需要辨认才可以约略地看出大致形状，而且仍在继续风化着。忽然，视野里出现了一架夜航的大型飞机，在空中移动着，闪烁着红色的眼睛，很容易就可以从星群里把它区分出来。我联想起了那首著名诗篇里写过的那只田纳西的坛子，此时的齐长城和夜航飞机，它们在荒野里像那只坛子一样，显得突出和警醒，只是由于它们均属于人工制品或者人类活动的痕迹，它们不同于这荒野里别的原有的其他事物——那些并非出自人类之手的事物。是的，齐长城和夜航飞机，不同于岩石和草木，不同于头顶的夜空和星辰，跟这荒野之中无知无觉的永存之物相比起来，它们作为人类造物，是终将要消失的，是不堪一击的，于是它们也更敏感，更丰富，更有情，更有温度。

任何生命以及经由生命创造出来的事物毫无疑问地都带有局限性。永恒之物的冷漠、重压和必然性此时此刻正反衬着短暂之物的多情、胆怯和偶然性。其中，那最脆弱的也是最富有激情的，那于存在之中不可避免地包含了忧闷烦愁，甚至还包含了恐惧与紧张的，毫无疑问，应该是人，尤其是此时此刻此地此境中的人。

这里形成了一个坐标：以星空来表达空间含义的横坐标，以齐长城之两千五百年历史和夜航飞机之现代性一起来提示并共同指向时间意味的纵坐标，还有以地球上这片山巅当了原点，正在看星星的我，已到中年的我，模拟陈子昂的我，则是这个坐标系中的某个质点。

在如此巨大的一个坐标系中，在永恒之中，我是无限渺小、无比孱弱却又极其真实的一个存在。有诗曰："空间过于可怕／时间过于可悲。"夜色弥漫，迎风而立，真切地感受到：天体在运行，地球在脚下旋转，植物在秋天散发出类似叹惋的气息，蟋蟀竭尽全力让带颤音的鸣叫笼罩四面八方，一个又一个刹那和瞬间正在产生，同时又在消失……这一切感受，都是我活着的证明，是的，我活着。

我活着，正是活在此时、此刻、此地、此境之中。原先我身上所携带着的一切具有社会意义的标签，在这个夜晚，它们都被摒弃在了绵绵群山之外。它们原本也只是暂时粘贴在我身上，其实并不真正属于我，如果将它们放置到这个山巅上、这个秋天的星空之下，它们无疑都是虚妄。我所经历的爱情，一桩桩皆成云烟；我读过的书、写下的字，在疲倦的岁月中变得洇漫和模糊起来；我的亲朋，有的逝去有的变老，我所经历的沟沟坎坎，差不多都已被回望时的慈悲目光填平……没错，我所至爱的一切、牵挂的一切，都将很快从这个坐标系中消失——因为我这个质点终将消失，而永远不会消失的，是这个由空间和时间组合成的坐标本身，也许这个坐标在未来的什么时候也会在某种程度上发生改变：弯曲、折叠或者压缩，谁知道呢？

在这个宇宙之中，只有此时此刻此地此境真正属于我，可是，此时此刻此地此境也正在消失吧。这种终将消失之感而引发出来的悲愁，由于被放置在了一个无限大的参照系之中，而一下子又演变成了勇敢，甚至壮志豪情。当一个人肯直面个体的和人类的困境，直面无缘无故的不确定和变数，直面深不见底的空洞与寂寥，明知把握不了，却不再逃避不再自我安慰的时候，一定会从脚后跟直达天灵盖产生出巨大的激情。这个人将从此获得自由。古罗马斯多葛学派的哲学家塞内加喜欢观测星空和天象，每颗星星都有自己的运行轨道，秩序有条不紊，从这一颗到那一颗的距离无比遥远，每颗星星都是一个独处的星球，它们寂寞，却全都欣欣然，安安静静，永远不用吵闹来证明自己的存在。大自然永远是镇静的，因臣服于上天的意愿而自足自得，大自然有自己的时间表，该怎样就怎样。正是在这样的天文观察和研究中，塞内加渐渐克服了那种尼禄皇帝随时会杀掉他的惊恐情绪，学会了顺从命运，直至最终从容赴死。他说："何必为部分生活而哭泣，君不见全部人生都催人泪下!"是星空抚慰了他，是星空教育了他，是星空拯救了他。

这个世界终将过去，只有上帝的话会永存。上帝的话，在这里指的就是真理，绝对真理。我曾经贪恋世俗，欲念丛生，面对肉体生命的短暂和人生的无常，我曾经要求自己抓紧现世的眼前的种种事物，企图用一种不永恒去填充并拉长另一种不永恒。就是这样，我的眼睛并不多么清亮，我实在不配谱一曲高歌猛调来唱。只是人生过午，太阳偏西，总算于内心深处认识到了自我之卑微，意识到了作为人的局限性，不得不引发出这样的想法：今生真正属于我的，唯有此时、此刻、此地、此境，唯有仰望星空，仰望那上帝之城。

现在我还在写诗。我身体里似乎有一个巨大的虚空，正是从那里产生出诗来。我永远不知道自己写得好不好。我永远不自信。很多年来，不知道为什么，我跟那些在文学上尤其是在诗歌上自信心十足的人总是成不了朋友。从前我是什么都写的，后来我放弃了写小说，只写诗和散文随笔。我知道这样下去，再往后发展，我还会扔掉散文随笔，而只剩下写诗，这样一直下去，真的到了最后的时候，就会连诗也不写了。诗歌因没有小说的长度，没有散文随笔的宽度，而直接攀缘到了制高点，诗歌就如同今夜的山巅，它的上方是星空。我抛下平原、峡谷、浅滩、沟壑、盆地、山坡，一直跑到这个山巅上来，只是为了更清楚地看到星星。

我的力气并不大，却奢望着有朝一日能够把诗一直写到山巅上去，并且够到天上的星星。

诗歌要么什么都不是，要么就应该追求像星空那样恒定久远的特征，或者至少成为探求恒定久远事物的一种手段。诗歌在本质上是一种"慢"、一种"苍茫"、一种"远"，是向着未来敞开的不确定性和无限可能。针对当下，诗歌是机器时代的手工，是对于网络世界里平均主义和最大公约数的叛逆，是整个时代在飞机上你还在骑毛驴，整个民族都走高速公路你还走在山间古道，是全社会都追求成功而你却在失败里发现了美好，是"我在这世上已经太孤单了，但孤单得还不够"；诗歌是对于数学和经济学的脱离，是在非此即彼的躁狂时代保持斯文，是在相信痛苦和相信白日梦之间举棋不定，是无论时空如何折叠和弯曲，都不会成为隔壁——诗歌就是一个人的海角天涯。

2017 年 5 月

向大北方致敬

阳历八月底，黑龙江松嫩平原已经全面进入了秋天，而且已是晚秋时节。

这里的地理特征酷似美国中西部大平原，蓝天，白云，田野，河流，湖泊，石油磕头机，永远的地平线……视野一望无边，车子开在公路上，开在田畴之间，有一种坦坦荡荡的流畅。车子一直开着，那真是有"在路上"的感觉。

我和一位女友结伴一起飞去看望那里的一位朋友，朋友的母亲刚去世不久，他回乡为病危的母亲送终并服丧。我们到达的第二天，另一位朋友也闻讯赶了去，三人行变成了四人行。

朋友家的房子位于那个村庄的最前面，隔一条马路就是无边的稻田。稻田绿中带黄，黄中带绿，据说马上就要收割了，在明晃晃的阳光下颜色特别明丽。稻田的垄沟里间或生长着一些水生植物，有芦苇、香蒲、小水毛茛，它们在秋风里支撑着最后的想法。那片稻田面积可真大啊，它的西侧有一条小路，直接从稻田穿插而过，可以一直通向很远的南面边界，那里有这位朋友当年上过的中学，他从那里考上大学——那可是上世纪 80 年代初的大学。我们几个人，有时加上朋友那寡言的父亲，每天黄昏，到那条横穿稻田的沙土路上散步。大家都已经穿上了毛衣和厚外套，看着无比鲜红无比硕大的夕阳一点一点地在西天滚落，一直滚落到旁边那个县城的背面去，于是天黑下来。我们返回到了家中，晚上的气温明显降低了，待到早上起来时，田野里会覆着一层白霜。夜晚是用来坐在窗前聊天喝茶的，有所谓围炉夜话的意味。其他三个人喝热茶的时候，我则抱着一只塑料瓶子喝凉水，很多年来我一直如此，无论天多冷，我都喝凉水和冰水，我身体中有小火苗，必须冰镇下去。记不清交谈了一些什么，总之要说话说到筋疲力尽，说到东方既白，才肯去睡觉。交谈的内容并不重要，交谈本身才重要，围坐在一起夜谈，夜晚是温存的，这时交谈更有相互抚慰心灵的感觉。那幢因为亲人去世而有些气氛阴郁的宅子，因为有朋自远方来，空气暂时明朗起来了。大家都不提那刚刚去世的人，似乎想借此暂时转移一下朋友的哀痛——这哀痛无法回避，无人能替代，它将一直持续下去，它不会消失，当它终于在时间里减弱时，也不会消失，它会变成别的事物。

晚上终于睡下时，窗外偶尔会传来重型卡车开过的声音。那声音里有一种令人担忧的成分，让人意识到这是一个加速的时代，那一大片美丽的稻田，那稻田里的水生植物，不知还能保留多久。一个人的童年和少年一直保存在这里，但不知还能保存多久。

朋友家院子里有两棵李子树，一棵结着红果，一棵结着黄果，伸手就够到，直接放到嘴里吃了。还有小菜园，在屋宅侧面，是那几天我们重点光顾的角落，豆角、茄子、西红柿、小白菜，它们全都是一副即将卸任的模样。院子外面的墙根，还生长着菇娘果，比我小时候在自己老家田野里摘到的体积可是大多了。除了自己摘，还在路边买了很多，那几天我们不停地吃菇娘果。

从朋友家的宅子往北去，穿过村庄，到了村庄的后面。别人家的庭院里的向日葵不胜秋风，把脑袋低垂，像在悼念什么。有一条泥巴路通向远方未知的地方，泥路已经干了，路面上有沉重的车辙，路两旁的白杨树高大粗壮，把天空撑起来，直指云霄之上。那无形的屋宇，仿佛一座盛大的教堂，这里的天空真高啊。某天下午，我和其中一位女友在那条泥巴路上跳舞，动作是自己现场现编的，在我就是胡蹦乱跳而已，人生越是灰暗和悲伤，越应该跳舞，越不应该放过热泪盈眶和欢笑，生命不能放弃热情，是不是？

一天下午，我们四人一起穿过县城，去了不远处的松花江。江畔很安静，路面空旷，几乎没有人。丰水期已过，江面是平静的，偶见挖沙船在江面移动。我们去看望的那位朋友，据说当年就是从这条江上乘着船去上大学的。这听上去太令人神往了，仿佛发生在民国，充满了故事，听起来恍若隔世。这条江发源于长白山的天池，它跨省流淌到这里来，承载了一个人最初的青春。

松嫩平原真的已经进入深秋了，风吹在脸上，充满了凉意，恰如人到中年之"天凉好个秋"。然而，中年何妨，中年再往后，又何妨？甚至，面对死亡，又能何妨？"我们不丧胆。外体虽然毁坏，内心却一天新似一天。"

离开的时候，依依惜别。朋友随后也将离开他的村庄，离开这个已经没有了母亲的大宅子。他的这次离开跟以往任何一次离开都不相同，从某种意义上来说，这次似乎是一种永远的离开。

车子又流畅地行驶在大平原上，那是无遮无拦的辽远——人生其实也是可以如此辽远的。飞机晚点四个小时，本该下午两点多起飞，结果却晚到了黄昏六点多。飞机飞起来之后，我恰好从舷窗望出去，看到了落日，从半空中看它，跟从地平线上看它，还是不太一样的。此时此刻，它如此艳丽如此磅礴，它完全有一种不要命的气势，似乎在给大半个天空输血，令人目瞪口呆。

我们待在那里的那个村庄叫什么名字，我不知道，它肯定是有一个名字的。在那里长大并从那里走出去的那位朋友从来不愿意叫它现在的名字，而喜欢叫它过往的名字，一个已经消失了的名字，据说过去这里曾经叫恰博旗——现在百度上压根就搜不到的一个名字。

后来我写了一首诗，把地名写到诗的标题里去了，以纪念这次远行，纪念人生旅途中的温情，同时向大北方致敬。

2019 年 1 月

分手信

我住在雷克雅未克的 Radisson 酒店，我的房间是405。

在地球的这个位置，经线们就要收拢起来了，纬线圆圈的周长已经递减了很多。让人猜想，是不是正由于这经线纬线变得狭窄逼仄起来，才使得这里的天空相应地看上去那么低矮而且阴沉，闷闷地罩在头顶上，似乎踮起脚尖抬起手来就能够得到了，而阳光几乎是贴在地面斜射过来的，坚忍、清亮、无声无息。这气氛给人以压迫感，仿佛有什么事情接下来就要发生了，是的，是有什么事情要发生了。经线和纬线万里遥遥延伸蔓延至此，它们从这里再继续往北去不远，终将统统聚缩成一个点。

这里是世界上最靠北的首都。在酒店房间里，透过落地窗望出去，近处原本就已稀稀落落的植被现在变得萧瑟和金黄，街道几乎是空的，远处有一个野湖横在那里，跟寂寂的天空相对痴望，而更远处黑色火山的轮廓隐约可见。有谁会在这样的初冬无缘无故地跑到这地球的尽头来呢？

我渐渐地感到有点百无聊赖，开始翻腾写字台的抽屉，我在中间大抽屉里看见一些风景画册，上面写的是这个岛国自己的语言文字，往往在一个单词中会夹杂着一个头顶着小撇的字母，如同扎了一个朝天辫儿，这是我第一天到来时就发现的新奇事。

我又打开右上角的小抽屉，里面有一本厚厚的时装杂志，看样子是供客人阅读的。拿起那本杂志的时候，目光不经意地落在抽屉底部，看见一张写了字的纸，字是用黑色圆珠笔写的，纸用的是酒店里提供的窄小的便笺，有成人的手掌大小，上面题头是酒店的矢量图和logo，看那文字的格式，分明是一封短信。

信是用英文写的，内容如下："我爱你，我心爱的Lizzie，很遗憾我们今生再也不能相见了，我永远不会忘记你。"

字写得有些匆忙，笔迹柔弱，但单词排列得间隔有致。

我愣了一会儿。

再去望窗外的时候，低低的天空似乎在轻轻颤动，景物在它之下仰卧着，使人有了恍惚之感。高纬度是孤独的，一切都在接近极限，于是事物的存在是尽可能把外在世界简省，渐渐逼入内心。

此刻我在哪里，为何这样一封分手信偏偏落在了我的手上。

信没有日期和署名。想必那样一个特定情境是无须写日期和署名的，想必那个人匆匆写完，就拉起行李箱去了飞机场，而那个叫 Lizzie 的人还在酣睡之中。

大约是为了回避面对面最后诀别时的疼痛，才写了此信并提前离去的吧。

这封信是原本放在桌上或枕边，被看过之后又扔进抽屉里的呢，还是这封信一开始就放进抽屉，因而没被发现压根不曾被读到过？如果这封信被阅过了，却没有被带走或者留存起来，是出于忧伤痛悔还是心不在焉？

下楼用餐时，我顺便找到前台服务员，指着信笺上的 Lizzie 这个名字，问这究竟是男人名还是女人名，还有，是否会是这岛国的人名。前台小伙子认真地看了信笺上的字迹，很肯定地告诉我，一定是女人名，而且一定是英语名字。

我知道岛国百分之七十以上的人口都集中在这首都，来这个酒店住宿的大都是度假的外国人，由此可以基本断定信中的两个主人公很有可能来自国外。

那么，他们是谁，他们从哪个大陆哪个国家来，他们之间是什么关系，是什么样的情感迫使他们必须跑到这地球尽头来完成一个分手的仪式，在这地理版图的穷途走完那爱情的末路？

接下来的几天里，我一直在试图用想象力还原和填充这封小信背后的故事。在我正在住着的这个房间里曾经上演过一出分手的剧目，我设定它的调子不应该是伤感的，而应该是凄婉的、悲怆的、决绝的、无法挽回和令人唏嘘的。

从直觉上，先排除露水情缘，信的语调是那样诚挚、怅惘和哀伤，这不是处于那种随便的男女关系中的人可以写得出来的。如果不是《断背山》里那样的同性恋，如果不是《罗马假日》式的童话故事，如果不是现代版罗密欧与朱丽叶打算跑到天尽头来殉情而未遂，那么极有可能是一个《廊桥遗梦》式的故事，是罗伯特·金凯和弗朗西斯卡从美国、英国或者澳大利亚跑到这里来，进行了一次为了告别的聚会。还有一个更凡俗的可能，从字迹上来分析这个写信的人，确切地说这个写信的男人，他应该是一个温存和软弱之人，他缺乏行动力的性格，使得他与女友之间有了难以弥合的矛盾，于是就有了这次遥远到天边的旅行。他们寄希望于极地这令人屏神静气的纯粹和肃然，寄希望于极昼时那似乎永不会完全落下的太阳或者极夜时那永不会完全升起的太阳，能让他们做出更加正确的判断，看清这爱情的真面目，要么挽回要么永诀。而最终结论却是，他们彻底明白过来，人永远都是孤独的，就像这临近极地的高纬度一样孤独。

我在脑子里编出了四五个版本的故事。

故事发生在其他地方和发生在临近北极圈的地方，意味是很不相同的，这个特殊地理位置给一个爱情故事添加了孤绝感。

一个偶然读到他们的分手信的人，在作为这个故事的阐释者的同时，其实也成了这个故事的参与者。冥冥之中觉得，当我在试图描摹这两个素不相识者的故事的时候，一定有另外的什么人在暗处也在读着我，就像那种安排了叙述者在镜头中出现的电影，观众同时也在看着这个同样是剧中人之一的叙述者。

说不清什么心理，我把这封短笺塞进了自己拉杆行李箱的某一个小夹层，跟一些零散纸质物品放在了一起。接下来，我离开了冰岛。

后来，这只行李箱又跟随我去过很多地方。我越来越喜欢独自旅行，一个人在地球上云游。

就这样，十年过去了。

某天下午，我在泰国清迈的酒店里，收拾行李箱，准备去机场，回国。我往行李箱某个小夹层里塞东西时，忽然从里面掏出了一张折叠着的纸片，打开一看，竟然是一封英文短笺："我爱你，我心爱的 Lizzie，很遗憾我们今生再也不能相见了，我永远不会忘记你。"我于是一下子回忆起了十年前我在冰岛雷克雅未克的情景。

正值二月。现在北极圈内应该是极夜吧，国土北部紧贴着北极圈的冰岛，太阳依然挂在地平线上，天和地离得那样近，像是终生相依，又像是永远分离。而此时此刻的我，则一个人行走在北回归线以南，北纬十八度，艳阳高照，花木扶疏，火红的凤凰花映着蓝天。

我把那张短笺拿在手里呆呆地看了一会儿，并没有放回行李箱夹层，而是顺手扔进了清迈酒店房间的床头柜抽屉里。

接着，我拖起行李箱，离开了。

2010 年 11 月初写

2023 年 1 月重写

青　苔

　　在中国文化中，有非常明显的阴阳两面之分。而在植物当中，如果松柏和牡丹之类属于正大洪亮的阳面，那么蕨类和苔藓类，无疑附设在了回转曲折的阴面。

　　日本作家谷崎润一郎在《阴翳礼赞》这本书中赞美了东方文化中的微暗幽寂之美，认为美并不产生于物体之中，而存在于物与物之间的明暗和波纹之中。那么，给这种认知趣味找一个最佳意象表达，就是植物中的青苔。汉字文化圈或多或少地都受到了一些来自中国的青苔美学的影响吧，据说日式庭院比较注重青苔渲染，还有一个把青苔当文物的著名的苔寺。最严重的事情是，日本人还让青苔上了国歌，"我皇御统传千代，一直传到八千代，直到小石变巨岩，直到巨岩长青苔"，看吧，用青苔表示久远。

　　青苔，生长在少阳光的地方，至少是半阳半暗的地方，同时需要一定的湿度。青苔没有真实的根，只好以自己全部身心吸收着周围空气中的水分。青苔出现的地方，无论是岩石、水池、台阶、荒园、古庙、屋瓦、颓墙、石雕、树干、花下、溪涧、井边、背阴地面、堤岸、雨檐、船底、室中、窗台、榻上、衣衫、碑碣、铜镜、剑刃，甚至白骨，都可以生苔，往往均是静寂和人迹罕至的位置以及久不触碰的物体。青苔所在之地，暗示着久远，暗示着古今一体，以及一个有着超越意味的尽头。那覆盖并幽闭在青苔之下的，究竟是什么呢？是往事，是记忆，是寂寞，是无可奈何，是繁华之后的荒寒，当然也可以是定力，是卑微的倔强，还可以是野趣，包含着君子独处时静悄悄的喜悦，最后，还可能是湮没，是退隐，是消遁，是遗存之痕，是亘古。青苔可以看作时间的符号，但这里的时间既不是线性递进式的也不是瞬间性的，总之不是动态的，而是一个持续不变的累积和沉淀，是时间在同一平面上的铺展，是时间在同一平面上的色调的浅淡幽深。

青苔，被作为苔藓类植物的泛称，品类众多，包括许多个目许多个科许多个属，科学划分它们是植物学家的使命，而诗人在写作时从来不想承担将它们细细区分的烦琐任务。而仅从颜色上看，以绿为主调，有翠绿、碧绿、嫩绿、墨绿、苍绿，甚至还有带着灰黄、棕色和金色的那么一种绿……无论何种绿色调，青苔似乎只是自给自足地待在这个世界的那些寂寂角落里，靠着自身蔓延，在四周营造出一个封闭空间，弥漫出了与世隔绝的氛围，有着处于时空之外的冥想。就这样，苔没有枝叶的婆娑和摇曳，风吹过来时，它看上去也一动不动，似全无动静，只是像某种造型，摆放并固定在那里，光线斜斜地照过来，仿佛映照在了空想之上。青苔之绿，是一种颇具古意的绿，有人说它"渐青成晕，斑斑点点"，或许会让人莫名地联想起青铜器吧，意念在那一抹斑斑绿色之中，似乎也是静止的和永存的，我们是否可以称之为"静绿"呢？使我想起"静绿"一词的，是那位喜爱绿化工程的诗人，就是那位"静爱青苔院""静扫青苔院""绿芜墙绕青苔院""闲步青苔院"的白居易——有可能是中国古代写苔最多的诗人——他大多是在自家园林里观赏青苔的，他有"漠漠斑斑石上苔，幽芳静绿绝纤埃"之句。另外，欧阳修也有"扫径绿苔静"之句。可见，苔的绿，往往与"静"相连，是一种绿绿的静，静静的绿。

《尔雅》《说文》对苔都有解释，但最早正式出现苔的著作当是《庄子》以及《淮南子》。从文学创作上来讲，青苔飞越了《诗经》《楚辞》《古诗十九首》《汉乐府诗》，几乎差一点儿就算是直接降落并着陆在了魏晋南北朝文坛。之所以用了"几乎差一点儿"这样的字眼，是因为苔最早进入文学创作，从汉书的记载来看，是从西汉班婕妤的《自悼赋》开始的："华殿尘兮玉阶苔，中庭萋兮绿草生。"不屑于争宠的汉成帝嫔妃班婕妤，终被赵飞燕替代，她主动退居后宫，独善其身，潜心读写，住所因无人到访而青苔蔓生、青草茂长，同时班婕妤也成了写青苔的开路先锋……然后，就是腐败荒唐透顶的东汉灵帝对青苔很偏爱，建上千间裸泳馆并"采绿苔而被阶"；接着是魏明帝也有这种特别偏好，让人将长满青苔的瓦片从长安运至洛阳，"以覆屋"；再后来，斗富的石崇对青苔的喜爱无以表达了，把青苔雕刻成花，再将金玉饰品砌在了青苔上，这个举止比较疯狂……别看青苔貌似矮小低微，但它从一开始就出身不凡，与帝王或贵族发生着密切关联，接下来才是纯粹的文人墨客也开始喜爱青苔，不知我理解得对否，如果把喜爱青苔当成一种时尚，这种时尚好像是从上到下、从官方到民间、从贵族到平民渐渐流行开去的——当然，无论怎样流行，从人数的绝对数量和相对数量来看，青苔一直、从来、估计还会继续属于比较小众的植物。

看似微小低矮的青苔，空降到魏晋南北朝文坛，从此，郑重其事地进入了文学创作之中。在那个时代写过苔的诗人里面，或者说在刚刚进入青苔书写领域的那十来位开拓者里面——包括陆机、张协、庾信、谢灵运、鲍照、何逊、谢朓等等——有一位特别值得注意，就是后来以主人公身份进入成语"江郎才尽"的那个江淹。对于苔，江淹既有兼及也有专咏，有人做过一个统计，不知是否准确，江淹一个人写苔的次数，竟超过了在他之前上千年历史上所有人写苔次数的总和，这其实也没什么了不起，只能说明过去写苔的人实在是罕有，说到文学上对于某个具体意象的关注，首先总得从某一个人开始写它吧，其次总得从某一个人开始对它越写越多吧。

我读江淹作品时，觉得句子写得颇高古，仿佛文字是刻写在青铜器上的，给人一种字里行间洇漫着青苔的印象。《青苔赋》亦有他那更有名的《别赋》《恨赋》之风："嗟青苔之依依兮，无色类而可方。必居间而就寂，似幽意之深伤。故其处石，则松栝交阴，泉雨长注，横涧俯视，崩壁仰顾……乃芜阶翠地，绕壁点墙……昼遥遥而不暮，夜永永以空长……寂兮如何！苔积网罗。视青蘼之杳杳，痛百代兮恨多……至哉青苔之无用，吾孰知其多少。"写了青苔的各种可爱之态，赞赏它的无用之用，同时又将青苔与寂寞人的命运相连，极写个人哀伤，大至宇宙，小至青苔之缝隙。

在《红楼梦》第七十六回，黛玉与湘云论诗时，提及"凹"字用法，举例子时，还特别提及江淹的这篇《青苔赋》，应该是因赋中有"悲凹险兮"之语，足见黛玉对这篇《青苔赋》读得何等仔细！毫无疑问，以黛玉那非大众化的审美趣味及个性，她应该是喜欢青苔的。在第三十五回，写探望完挨打的宝玉，对比关心宝玉的人多，联想到自己无父无母无兄无姊，待回到自己住的潇湘馆，见到满院子的竹影和苔痕，禁不住想起《西厢记》中"幽僻处可有人行，点苍苔白露泠泠"之句，又进一步对比崔莺莺尚有孀母弱弟，于是更自叹命薄……此处与青苔意象相关联的氛围，既"幽僻"又"泠泠"，就跟黛玉的命运和性情联系在了一起。在第四十回里，写到刘姥姥去参观潇湘馆，"一进门，只见两边翠竹夹路，土地下苍苔布满，中间羊肠一条石子漫的路"，接下来，刘姥姥不顾"仔细苍苔滑了"的提醒，最终还是"咕咚一跤跌倒"了。青苔满地，这一方面说明林黛玉不喜欢社交，与人交往稀少；另一方面也表明她的审美情趣是何等风雅绝尘，曲高和寡，因喜爱青苔之清幽意境而置行走安全于不顾了。

从统计学角度来看写苔的次数多寡，那么江淹算是前无古人，但后有来者。到了唐代，青苔在诗中忽然开始高频率地出现了，并且含义呈现出了多元化。唐代以后，在宋元明清，苔意象持续受到喜爱，并在清代出现了一本《苔谱》，至于诗词里的苔真是多得像天空中的星星……各朝各代都有那么多诗歌涉及苔，与其说看看哪些诗人写过青苔，倒不如说，应该看看哪些诗人没有写过青苔吧。

苔，从总体内容上来看，既可以是一个清冷孤僻的意象，也可以是一个生机勃勃的意象，当然，还可以二者兼而有之。

王勃专咏过青苔，他充分写出了青苔的生长特性，并进一步解读成了脱俗孤傲和特立独行："背阳就阴，违喧处静，不根不蒂，无华无影。耻桃李之暂芳，笑兰桂之非永。故顺时而不竞，每乘幽而自整。"写苔，可以表达冷落寂寥，表达思念，表达荒僻，表达朝代更替与兴亡，表达谦让，表达尘封，表达时间漫长，表达清高，表达生命力，表达自然生机，表达死亡，表达清静虚无，表达脱离尘世，表达悲慨……但无论表达什么，都隐含着一个时间纵坐标上的久远幽深以及空间横坐标上的疏离脱轨，于是，王绩写"古藤曳紫，寒苔布绿"，杨炯写"苔何水而不清，水何苔而不绿"，沈佺期写"玉阶阴阴苔藓色",韩愈叹"可怜此地无车马,颠倒青苔落绛英",贾岛写"寒涧泠泠漱古苔",钱起写"幽溪鹿过苔还静",李白看"谢公行处苍苔没""门前迟行迹,一一生绿苔",孟浩然"苔壁饶古意",杜甫"楚雨石苔滋",刘长卿"功名满青史,祠庙唯苍苔",司空图"萧萧落叶,漏雨苍苔""乱山高木,碧苔芳晖",晏殊"池上碧苔三四点",梅尧臣"庭下阴苔未教扫,榴花红落点青苍",苏轼写"斫竹穿花破绿苔",王安石写"百亩中庭半是苔",姜夔写"云隔迷楼,苔封很石,人向何处",周邦彦"吟望久,青苔上,旋看飞坠",杨万里"削苔读碑,慷慨吊古",陆游"请看白骨有青苔",方岳"竹斋眠听雨,梦里长青苔",张可久"青苔古木萧萧,苍云秋水迢迢",马致远"日日凌波袜冷,湿透青苔",倪瓒"归扫松径苔,迟君践幽约",李东阳"岂不爱佳客,畏人践我苔",吴鼎芳"苔花满径绿云凉""轻罗绣作苔,花斑苔花斑",汤显祖"嫩苔生阁""苍苔滑擦",纳兰性德"林下荒苔道韫家,生怜玉骨委尘沙"……

涉及苔的诗词之句太多太多,多到让人头晕,而从传播学角度以及影响力来看,目前最为著名或者说最为耳熟能详的,还是王维、刘禹锡、叶绍翁以及袁枚的诗词。

王维有《鹿柴》一诗:"空山不见人,但闻人语响。

返景入深林，复照青苔上。"这里有山中密林之中的独特经验，声音可以被传送得很远，彼此听见，却看不到彼此人影，于是反而感觉更加地空了。"返景"是夕照的比喻，说的是斜阳透过密密匝匝的枝叶漏下来，光线映照在了林中地面的青苔上。青苔的存在很重要，在这里既暗示了人迹之稀少，又暗示了树林之密之深所造成的阴翳，由此进一步呼应了首句提及的那不见人的"空山"之空。末两句如同绘画，有半明半暗的透视效果，一抹斜阳映在青苔上，想必是红黄亮光映在了碧绿上，颜色是明丽的，似乎给诗歌增加一丝暖色调，但是这短暂和局部的暖色调，其实更进一步地映衬烘托出了在特定时刻那整体的大片山林的深色、冷色乃至昏暗。诗人在空山里思索着空，这空是万古之空，仿佛同时抵达了时间和空间的目的地：沉默和静止。

我曾经一口气读过《鹿柴》这首诗的二十多个英文译本，很高兴地看到，这首诗在另外一种语言里被反复折磨之后而依然活着，尤其是那一片青苔，依然活着。其实，王维涉及青苔的最佳诗作应该是那首《书事》吧："轻阴阁小雨，深院昼慵开。坐看苍苔色，欲上人衣来。"天气是小雨转阴，庭院大门在大白天还关闭着，懒得打开，诗人就坐在自家院子里欣赏那雨后变得更加清新碧绿的青色苔藓，在某一刻竟产生了幻觉，觉得那些青苔就要进一步蔓延，攀爬到自己衣衫上来了。这首诗里的"慵开"和"苍苔"之间发生关联，不管是性情懒散还是理性上刻意为之，反正诗人是闭门谢户的，把世俗喧嚣彻底挡在了大门外面，正是这样非社会化的生存处境才使得庭院青苔越发生长得茂密了。青苔可以蔓延到衣服上，也可以蔓延到心上，而如此蔓延出来的一大片孤独，正是诗人自我选择的结果，于是静默里有生机，独处成为一种活泼泼的生活，可以更好地感知个体生命的脉搏和大自然的节奏，以至于连苍苔这种静止不动的植物都富有了动感，仿佛在雀跃，真是令人欣喜和陶醉。

刘禹锡《陋室铭》里的名句是写苔的："苔痕上阶绿，草色入帘青。"这句里的情形很有东亚文化情调。句中出现了"上"和"入"两个动词，表达着空间关系，而苔和草的自身光芒把这空间内外给充溢起来了。它首先体现在视觉上的舒服，满眼都是或深或浅的盈盈绿色，充溢着里里外外的物理空间；然后是触觉上的舒服，阴凉清爽，温度和湿度均适宜，令皮肤本身以及皮肤所接碰之物皆舒展又滋润；最后是全身心的舒服，五脏六腑都是清幽的，心灵隽脆，魂魄洁净。句中的青苔，在这里其实还显示着一种格调或者品位，表达着在居住空间上的某种美学理念，居所无论清寒还是奢华，都是可以有青苔相伴随的，青苔是创造意境不可缺少的元素，仿佛是主人清贵精神内涵的一种外化和延伸，而与此相反的，则是那种"树小墙新画不古"的居所，是不会有青苔点染的——那是暴发户的住宅。可是这名句如果从构思上去细究，还真没有什么创意，刘禹锡无非是将中国历史上最早涉苔的班婕妤的诗句"华殿尘兮玉阶苔，中庭萋兮绿草生"原样照搬了来，放在了纸上，点了一下"一键美颜"，同时，又是把色彩的饱和度和对比度进行了调节，调得柔和了很多，最后再使用上一个"清新"效果的滤镜。同理，辛弃疾词中也多次涉苔，其中"笑吾庐，门掩草，径封苔"之句最生动，与刘禹锡这个名句所包含的元素完全相同：门户、青草、绿苔，不相同的是，刘禹锡诗句中的草和苔都是适度的，是恰到好处的点染，诗人情绪是欣悦的；而这句辛词之中的草和苔则是极端的和过度的，是极尽渲染之能事，表达荒凉和寂寞，有不平之气，当更接近班婕妤那句诗的色彩了——当然又将班婕妤那句诗进行了去除雾气处理，用上了"田野"效果滤镜。

叶绍翁《游园不值》里的四个句子全都成了名句："应怜屐齿印苍苔，小扣柴扉久不开。春色满园关不住，一枝红杏出墙来。"我读此诗，心想，这个花园的主人久久不给这个轻轻敲门的诗人开门，不让他进去，这就对了，从后来的事态发展来看，这个做法相当正确，堪称伟大。这样做，不仅保护了园中青苔不被木屐踩坏，还逼迫着诗人只好站在墙外，望园兴叹，于是只好把注意力和兴奋点转移，不得不去关注那从园子里面穿墙而出的一枝红杏——青苔间接地引发出了红杏花——这枝躁动不安的红杏代表了满园春色，其难得的出墙和偶然的出墙，令想游园没能进门儿的失望者驻足观看。这个猛然的新发现令他尤其惊喜甚至加倍惊喜，比进入花园内部游赏其实更能敏锐地感受到这春意春色是如何的汹涌……他就这样获得了灵感，写出了一首流芳千古的好诗。这首诗读起来那么灵动，四句全是神来之笔，胜过一册苦吟，我敢说，诗人写这首诗耗时不会超过五分钟。可以说，正是这个小气的花园主人促成了这首诗的产生，在这首诗的创作上，这个花园的主人应该拥有一半的功劳。这首诗不仅是写青苔的名诗，而且还是写杏花的名诗，同时更创造出了一个表达不正当男女关系的成语"红杏出墙"，丰富了汉语词典……有鉴于《游园不值》一诗在文学和语言学上的双重贡献，现将最佳园丁奖和最佳缪斯奖颁发给花园主人，感谢他没有给诗人开门，让他碰了一鼻子灰，从而引发了一首了不起的诗歌的诞生，载入了中国文学史和中国语言学史。嗯，至于这首诗中的青苔，当然是为了审美而存在的，受到了怜惜和保护，仿佛现代的草坪旁边竖了个牌子"草坪养护中，请勿践踏"，那么，这园中青苔，极有可能是人工培植的吧，就算是自己天然生长出来的，至少也引发了人类的养护之意，可见青苔已经被当成了正规园林植物，受到了郑重对待。

再说袁枚的《苔》："白日不到处，青春恰自来。苔花如米小，也学牡丹开。"在阳光不易照到的地方，青苔也能蔓延出盈盈的绿意，苔花只有米粒般大小，却靠着自身力量，尽力争取像牡丹那样开放。这是一首很简朴同时又很盛大的诗，非常励志。其实，苔藓是靠孢子繁殖的单细胞植物，没有通常意义上的根和茎，更不会开花。袁枚在这里写到的所谓"苔花"，可能是误把苔藓孢体顶端的膨大部分——从那里可以产生出孢子，用于植物自身繁殖——当成了花。这首诗里的青苔，从命运、身价和所处环境来看，虽然低微，但并不卑微，而是有着张扬的生命意识。诗人为了表达这层意思，在诗中不惜让这最不起眼的植物跟百花之王相提并论，让它们平起平坐，细微之极的"苔花"开放得像牡丹那样隆重。这首诗中的青苔之所以富有感染力，在于它被人格化了，这片举着所谓"苔花"的青苔，正在想把上天赋予的自由意志发挥到极致吧。嗯，中小学生们倒是可以把袁枚这首关于苔的小诗当成座右铭，贴到床头上或者抄写到铅笔盒里面去，经常瞥两眼，拿来鼓励一下自己。

青苔，在古代诗词之中，也有用来进行比德的倾向和嫌疑，譬如，避世仙逸和清高自守之类的主题。当然，最终情形还算是好的，似乎没能完全进入到比德系统并确定下来。相比"岁寒三友"和"花中四君子"之类，青苔这个意象中尚存在着很多变动因素，民族文化心理在这个意象之中的积聚沉淀，还没有严重到使它固化为一个符号的程度。而正是青苔这个意象内涵的不确定性，使它在文学创作之中显得游刃有余，意趣盎然，呈现出了多种可能。无论出现多么了不起的涉及青苔的作品，但愿都不要将青苔弄成一个固定的符号，还是让青苔在那些角落里保持野生和自由吧。

清人张潮在《幽梦影》里说："花不可以无蝶，山不可以无泉，石不可以无苔，水不可以无藻，乔木不可以无藤萝，人不可以无癖。"这里的意思表达得已经很好了，我紧跟在这几句话后面，又补上了一句"布娃娃脸上不可以无雀斑"，苔，是不是就像布娃娃脸上的雀斑，反而使那张小脸显得更加生动了？没错，作为最微之物，苔之有无，却是相当重要的。请不要试图去定义苔，请不要用概念去为苔设限吧，苔是什么？苔是区别于平均主义的个性，提高了景致的生气与辨识度，苔是附着在有形物质现实之上的那个魂魄一般的存在。

如今，由于苔藓对于空气污染的超敏感度以及它们随意生长的普遍性，人类已经开始利用这类植物来对空气质量进行检测，尤其是可以对大气污染中的热岛效应发出预警。青苔不仅是一个文学意象，同时也正在成为一个生态环保意象。

经过一个多雨的夏天，我住的老旧公寓里，背阴的那个房间内墙上临窗的一侧，那白粉墙皮已经被墙外雨水渗入并浸泡得膨胀，出现了一小片微微鼓起，在那片鼓起墙皮之上有水渍，并生长出了一片绿苔。这片室内苔，显得住所更加老旧了，而那白绿相间，也算好看，生淡冶之光，添清幽之气。这片青苔还增加了这套公寓在时空上的封闭意味，我足不出户，一天天老去，对着自家书房内墙上这片青苔独坐，无人敲门，无人来访——我却怎么也写不出一句诗来，于是只好去翻阅古人们的青苔诗吧。

2022 年 2 月

河 流 书

1

此段黄河位于两省之间。河水并不黄，而是呈现出灰绿色，算得上清澈。

作为黄河主干道，河流在这个拐弯处，似乎并不知道它自己很著名。

黄昏，天有些凉意，雨丝若有若无。在紧邻河水的泥沙岸边，我一个人走来走去。一个女人独自出远门，不是离家出走就是想做徐霞客，一个女人独自在野外的一条大河边徘徊，不是想跳河就是在吟诗。

2

河流很有意思。

一条河流，就是感性和理性最好的体现。它的活泼、畅快、恣意、情绪化，都是在被两岸固定了的河床内部进行的，它当然也有冲出河床、漫过堤岸、制造灾难之时，可是谁又能保证一辈子永远不发疯呢？

如果你把一条河流看作一个巨大的整体——除非发生改道或者干涸——在一段相对完整的时间里，它会一直都在那里，永远不会变得一下子没有了，即使有时胖有时瘦，也不会突然没有了。尤其像此时此刻，它就在我的眼前，急流摇撼着岸边，我离它那么近，近到可以感受到水的寒凉之气，让我强烈地感觉到它的存在。于是，一条河流属于绝对的当下，这个"当下"既是我的当下，也曾经是李白的当下。

可是，河流这个巨大的整体，不能细察细究，一旦认真追踪起来，就会令人产生很大的迷惑不解。

紧邻岸边，盯着那一整条河水望过去，然后再把目光收回，只看近处，特别着眼于河流的每一个小部分——每一道涟漪每一片水花——你会发现，它每时每刻都在产生、消失、又产生、再消失……这样问题就来了，每一片即将从上游流淌过来的水花都是即将到来的"未来"，它在涌到我眼前脚下的那一刹那就变成了"现在"与"当下"，可是几乎就在成为"现在"与"当下"的同时，它就逝去了，流走了，消亡了，对于我它成为"过去"和"往昔",却再次成为在我下游的另外某个观看者的即将到来的"未来"。眼睁睁地盯着那么多上一段流程的未来统统变成眼前的现在与当下,又立刻成为往昔与过去,紧接着再成为下一段流程的未来……那么,什么才算是当下呢,究竟哪一个流动的瞬间哪一片眼前的涟漪波浪才算是真正属于当下的呢?我似乎无法通过一片水花来区分出过去、现在和未来了。

圣人所讲"逝者如斯夫,不舍昼夜",是时间在模拟水呢还是水在模拟时间呢?这句话,如果只是放在一个维度上,理解成时间像这河水一样呈线形地在流逝着,倒也简单,可是实际上,一条河流的存在,远比人们通常认为得要复杂,时间呢,如果像河水,那么它也不会只是呈一条线形那么简单。时间一方面以流逝来指示着过去和未来;另一方面又具有绝对的当下性。可是实际上,时间所指示的那个过去、现在和未来很可能也应该是相互混杂纠结在一起的。这样问题就更严重了,"现在"和"当下"在哪里呢,哪一片时间的水花和波浪才算得上是当下呢,哪一秒钟才算是当下呢?当我把这一秒钟当作当下时,它不是正在或已经变成往昔与过去吗,或者成为地球另一边人们的未来?我想要一个绝对的真实的当下,可是到头来却只能获得一个相对的虚幻的当下。这样一个一直在消亡之中同时又与过去未来每时每刻都在相互转换着的"当下"——无论是河流还是时间——谁才能抓得住呢？这样钻牛角尖时，我产生了莫名的惶恐。

$\mathcal{S}$

在作为一条整体河流的一直"存在"与作为河水每一部分的连续"消失"之间，确实有着某种讲不太通的东西。

而正是这个貌似悖论的讲不通，才使河流成为河流吧。

但是，如果对应人类来看待这个问题，似乎就好理解了。"个体生命"会消失在旷古不息的时间之中，然而"生命本体"则生生不已，如同一条长河在时间中进化着，永生。

"人不可能两次踏进同一条河流"的观点，跟我想表达的意思，既有联系又有偏差，不完全是一回事。

哲学家们似乎注意过类似问题。黑格尔曾经引用亚里士多德的意思来说明他想说明的问题："离开身体的手只是名义上的手，一般来说，离开身体的手就不具有手的功能了。"同理，是不是可以说，只有作为一个整体结构时，河流作为一个事物和一个概念才是得以存在着的，而离开河流这个整体结构的某一部分河水——被各种容器盛装、被水坝拦成水库或水电站，以及截流进入灌溉系统——就只是名义上的河水，离开河流的河水就不再具有河水的功能了。

不再是河水，但仍然是水。

1

排除巨大落差造成的跌宕、岸边风光以及河中动植物，河流本身的流淌其实是靠着重复着的单调来完成的。一般说来，单调会制造平均主义，会销蚀创造力，可是，恒久亘古的单调，则会成就伟业。一条大河就是一片地域的哲学王。河流正是靠着伟大的单调成为一种裹挟陆地表面的力量的，制造出三角洲和冲积平原，无限风光。

反过来，人类对于一条河流的塑造和介入，是在河流上修建水库或水电站。人类改变了河流的一部分形态，利用河流的局部困境和局部尴尬来为人类谋利。

水库或水电站的大坝让我恐惧。每当从上面走过时，我都能听到头顶上的太阳正在嗞啦嗞啦地响，如果是阴天，旁边山体似乎阴翳得就要倾倒碾轧过来了。我一个人赤手空拳，从头到尾地走在大坝上，靠身体内部的重心来维持着平衡，左右两边的臂膀空无所依，一边是深渊，一边是悬崖，都想将我吸附过去，情何以堪？可是，每当我遇见大坝，仍然从来不肯放过在上面走一走的机会。

被干涉并被驯服了的河流，积聚了既可以建设也可以毁灭的能量。

5

那些戴手表的人，像煞有介事，弄得仿佛在这个世界上真的有时间这种东西似的。似乎自从有了手表，时间就产生出来了。可是，你以为你戴上了手表，就真的有了时间了吗？

据说有过这样一个实验，志愿者被关进山洞，与世隔绝地生活，在失去了一切现实参照之后的第一百三十五天，时间，从志愿者的意识里彻底消失了。

水倒是真正存在的，然而河流则未必。跟手表的道理一样，河流可以是一种想象，一种来自大自然的想象。大自然利用地形把很多很多水给组织进一个自我设定的堤岸，再利用地势落差促使这些水产生出运动来，于是就有了河流。然后就有人出来了，站在岸边，想象着自己置身的虚拟岁月，指着大自然用想象力来造就的河水说："逝者如斯夫。"

时间被划分成小时、分钟和秒，然后关进了一个表盘。就像河流被划分成上游、中游、下游，被关进了一个两边有堤岸的河床。

河流有一个发源地。那么，时间的发源地在哪里？换言之，时间从什么时候开始的？这完全是一个可以定义的开端原点，只是由谁来定义以及怎样来定义的问题。

自有永有者创造了天地海以及其中的万物，而这位自有永有者自己则处于时间之外，完全不会受到时间的限制，或者可以这么说，这位自有永有者同时拥有着过去、现在和未来，一切都是完成时态的，而不会像人类那样处于过去现在未来无法同时拥有的永远缺憾之中，处于当下这个瞬间正在消逝的无穷焦虑之中，处于站在一条河岸边发出"逝者如斯夫"的感叹之中。

托马斯·阿奎纳认为这位自有永有者的存在，对于自身来说是自明的，但对于人类并不是自明的。我们无法直接看见这位自有永有者，我们今生所见到的东西，只是其创造出来的结果，我们从这结果向前推导原因，而这位自有永有者就隐藏在这些事物背后。这位自有永有者让世间有了河流，引导人类由河流的流逝感受并联想到了时间的流逝，从而认识到作为人类的局限性。可不可以是这样的设定呢：（自有永有者）作为一整条河流是一直就在那里的，它是过去、现在、未来这三者的完美统一体，过去就是现在，现在也是未来，未来也是过去，三位一体，仿佛是在时间之外，不会忽然从眼前消失……然而（人类）作为组成一整条河流的每一部分水花，则是无法将过去、现在、未来三者同时统一于自身的，无数个这样的河水的某一部分，都是脆弱的，每时每刻都处于无法避免的瞬间的消亡之中——正是这样的脆弱和消亡才促使了一整条河流的向前流动，巨大的整体，永不止息。

宇宙间所有事物的发生，都不是纯粹自发的，而都是通过一系列或隐或显的多米诺骨牌效应引起，包括一条河流的地势形成、河床的造就、河流的方向、河流的潮汐、河流的速度、河流的途经路线……而推动那第一块多米诺骨牌的第一动力因或者说最初的动力因是什么呢？正是那位自有永有者。

"人不可能两次踏进同一条河流"的观点，在那位自有永有者那里——只要愿意，只要肯——其实是可以轻易推翻的。只要让整个这条河流停止流淌片刻，让整个这条河流以及它的每一部分河水有那么一刻是静止不动的，人就可以两次或者两次以上踏进同一条河流了。那位自有永有者曾经分开过红海，曾经让日月停止下来大约有一日之久，怎么就不能让一条河流停止片刻，等一等那踏进河流的人呢？

另外，一条河流有此岸，亦有彼岸。一条河流的每一片水花所拥有的过去、现在和未来又都是循环往复着的……那么，人的存在，某个个体在整个人类存在当中，人类在整个宇宙存在当中，是不是也是如此呢？

6

至于河水的每一个部分与一整条河流的关系，还可以作另外的理解。

当人离开人群，单独作为一个个体存在时，就不再是河水了，不需要跟随社会这条大河来奔流向前了，不需要被其他的水花来裹挟着前行了。人离开人群，如同一片水花中途突然自行改道或者走失了。他变成了自己的上帝。这时候竟仿佛体会到一种——绝对的，而不是相对的——称得上长久的当下之感，这个人的过去、现

两个女子夜晚饮酒◎

在、未来忽然凝结为了一个叫作"当下"的原点。人离开社会，离开人海和人流，不会成为只是名义上的人，反而成为真正的自然之人，不再具有社会功能，不再单调地向前追随着一整个群体去奔跑。忽然被容器掬起来、舀起来或者截取出来，单独进入了另一个系统，仿佛被当成了珍贵的某一部分，进入水池，进入荷塘，进入了庄稼田，渗透进土壤，或者在阳光下蒸发，进入另一个不灭的循环系统……这样的个体之人，可能因弱小而彻底消亡，也有可能反而成为真正意义上的独立存在。

那么我所拥有的那些世间烦恼算得了什么？解决烦恼的方式其实很简单，主动离开人群，是的，主动。就像一片水花离开了河床，没有了涟漪和波浪，但作为一瓢水一桶水一洼水一汪水一塘水，正好可以静静地与天空对望，相互端详，大白天做梦。

7

河流中的浪花，一朵分解成两朵，或者两朵合并成一朵。

各个部分的一朵水花又一朵水花，随波逐流或者顺势而为，每一部分的河水都顺从着自己的命运，这个命运就是地势……从而终于汇成了一整条河流。这一整条河流也是如此，作为一条河流，它从来不上进，也不努力，它的成功恰恰在于它放弃了一切筹划谋算，只是听天由命。当遇到阻碍时，就马上回避或者拐弯，若遇不到阻碍便永远一路高歌着前进，哪怕前面是悬崖，也不会后退也不会改变路线，面对充满了诱惑的畅通无阻，大不了当一回瀑布——连一条河流的起义和暴怒都是产生于对命运的顺从。

一条河流，就以这样的不作为，成为真正的有所作为。一定有谁把理智放入它的灵魂，又把灵魂放入它的身体。

8

我站在山西，隔着黄河，看汽车在陕西跑……这种感觉很奇特。

这里的黄河远远看去，非常平静，只有待到走近了，才会看到水在流动，往东流，毕竟东流去。而走得距离更近的时候，站在水边卵石上，快要湿到鞋子了，才发现，那水的平静只是在于表面，水的下方应该是有旋涡或湍流的，突然感到岸被水摇晃了。

我站在水边给这条河流拍照时，景物只能照进彼岸陕西那边的，无法照到我正置身的此岸山西。我来山西旅行，我没有去陕西，而所拍摄的黄河照片里，山、汽车和塔，都是陕西的。照片中的树木只有一种，这个地界的黄河两岸，唯一的绿色，只是枣树。枣树耐旱且适应黄土地，这里的人靠吃枣活着。山上、村里、路旁、房前屋后、地头……几乎未见过第二种树，似乎有杨树，但很少。

这里是山西最西边且靠北。河水进入黄土高原不久，还没来得及变黄吧，当然还有一种说法，旁边有一个大水库，把黄土都给过滤了。黄河真正变黄，是在过了落差太大的壶口之后吧，地势太大，水势太猛，冲刷黄土流失严重。

天终于黑了下来，陕西那边的一盏灯亮了。一只快艇划破暮色划破水面，尾后拖着一条长长的水道，逆流而上，这艇不知是山西的还是陕西的。

9

客栈在一面临河的黄土崖坡上。这是离河最近的一家客栈，它离黄河有多近呢？近得让人心惊胆战，觉得汛期来时，会有大水把两层木楼卷走的危险。

窗棂外面就是黄河。

今晚这样临水而睡，我会做梦，梦见自己掉进了黄河。

夜晚四无人声，什么声息都没有了，极静。在这无边而纯粹的静寂里，我听到了白天时没能听到的河水流淌的声音，呼隆呼隆，呼隆呼隆，声音很大！这里的地形正处于一个拐弯处的开阔地带，好像河流正冲着一个扩音器在喊。

一个人得跟世界赌了多么大的气，才会跑得这么偏这么远，枕着北中国大动脉而眠。黄河流淌之声让我血脉偾张。

激动成这样，怎么睡得着？

10

河流带走一切，带走一切，是的，带走一切。我感到河流也想把我带走，我则想把河水挽留。我知道我一定会输给这河水，就像我终将输给时间和记忆。

克尔凯郭尔有一句话，"Life can only be understood backwards；but it must be lived forwards." 翻译成汉语大概是："只有倒着向后时，才能弄明白生活；而要过生活，就得一直向前。"这句话在英文里面很有哲学意味，翻译成汉语之后，不知怎么就变成了心灵鸡汤。

作为河流，也应该如此吧。只有远远地向后望去，才能够弄明白一条河流的发源地、方向、路线、流域以及流程，而作为一条河流本身，它要让自己成为一条河流，就只能一个劲地向前，向前，不回头。正是由于有众多的每一部分河水那永不停歇的加入并且永不停歇的消逝——形成了朝向一个目标的位移，或者叫作运动或流动——才维持了一整条河流一直存在下去。

2020 年 10 月—2021 年 5 月，途中

小雪和大雪

A 面：小雪

菊花谢过之后，白雪飘落下来。

鲁迅先生有一段文字，强调江南的雪是粘连的，撒在屋上、地上、枯草上，他这样写："江南的雪，可是滋润美艳之至了；那是还在隐约着的青春的消息，是极壮健的处子的皮肤。雪野中有血红的宝珠山茶，白中隐青的单瓣梅花，深黄的磬口的蜡梅花；雪下面还有冷绿的杂草……"我觉得这段文字如果把里面的植被种类置换成冬青、黄栌、菊花、银杏树、菠菜什么的，倒可以拿来作为对北方初雪或小雪的描写。

刚入冬的第一场雪，无论叫它早雪还是初雪，在有的年份，还没等到植被完全枯萎，就已经飘落下来了。总有一些固执地挂在树枝上尚未来得及凋落的叶子，金黄之中还夹杂着些许绿色，现在忽又覆盖上了一层薄薄的雪，真是好看极了。绚烂之极，正决意要归于平淡呢，竟又敷上了这么一层晶莹的亮白，把那些彩色叶子半遮半掩着，相当于迟暮美人做了美容，脸上涂了天然粉底的贝贝霜，凭空多出了一些妩媚，真是想平淡都平淡不了啊。于是那在干冷空气里原本即将彻底飘散殆尽的衰残的斑斓，仿佛重获新生，又滋润起来了，鲜活起来了，甚至会给人春天花开的错觉。

这样的小雪，有时在空中飘着，还没落到地上，就已经化了。下得稍微大一点和密一点的时候，若下得时间不够长，在公路和人行道上留存下来也不易，而那些枯草和将落未落的树叶则成了城市中保留积雪的最佳位置，当然在人少的背阴处和山中沟涧也会有积雪。有一年初冬我从南方飞回，飞机快要降落时，正好掠过这个北方城市近郊的山区，俯瞰枯寒的山中，竟有那么多积雪，并不厚，但望过去一片又一片的白色。下雪了，真好啊，可是接下来，从飞机降落到下机后进入市区，就再也没有见到雪的影子了。

一般从阳历十一月下旬开始进入小雪节气。打那以后，就不时地传来雪的消息。在新闻或天气预报中，远方什么地方下雪了，邻省或邻市下雪了，听上去，都颇令人羡慕和嫉妒，仿佛人家的冬天已经过了及格线了，我们的冬天还没有及格。印象中，小时候的冬天总是有很多雪的，后来雪开始变得少了，如果地球持续变暖下去，雪最终将成为奢侈品吧。有个别年份，整个冬天都不下雪，有文人还拿"无雪的冬天"做题目，去写了小说，写了散文，写了诗，有雪的时候，抒情，没雪的时候，也抒情，不晓得抒发的是什么。

我所在的城市，几年前某个冬天，一直不下雪。偶尔天阴沉得厉害，仰起脸来，空气中凉丝丝的，几乎都已经嗅到雪花的气息了，而最终却没能落下来。于是乎病菌活跃，流感一场接一场，医院里挤满打吊瓶的人，空气干燥，令人烦闷不安。终于气象部门和市政部门忍无可忍了，就决定进行人工降雪，于是直接动用了大炮，把雪从半空中打了下来。那场雪下得并不大，却总算是下来了，没有憋坏，谢天谢地。我是从第二天的报纸知道这是一场人工降雪的，兴奋劲儿一下子就没有了，感觉像是作弊得来了一个及格分数。后来我又转念来安慰自己，我们可以把这场雪理解成空气中原本就有一场雪要降临，却由于气温不够低而难产了，最后通过剖宫产，用手术方式让这场雪得以降临人间。反正那确实是一场雪，雪是真雪，不是假雪，这就 OK 了吧。

雪是冬天的灵魂。冬天不下雪，就相当于春天不开花。

夜半睡得迷迷糊糊，起夜的时候，感到一股凉意，不小心望了一眼窗外，今夜月光似乎挺皎洁的，再定睛一看，不得了，哪里是月光，分明是下雪了，雪光与路灯交相辉映着，对面自行车车棚顶上有一层亮晶晶的白，即使只是很薄很薄的一层，这冬天的第一场雪，已足够让人惊喜。楼下谁家开荒开出了巴掌大的小菜园，里面种着的小葱和白菜，还没来得及收呢，它们也顶着雪花，兴致勃勃的。雪下得不大，路灯照过去，看得见只是从半空中稀稀疏疏地往下拐着弯飘散，暂时给夜晚镀了一层淡淡的银色而已，等明天早起的人一上路，可能就化了。心里盼着这雪下大些，下得持久一些。如果只是这样的小雪，充其量只是给世界化了一层淡淡的妆容，风一吹就不见了。这样的小雪反射力也是不大的，当然没法儿让我们去学孙康映雪。孙康先生能在夜里借着白雪反射出来的光亮看清书上的字，那一定得是一场大雪，下上三天三夜，积雪达一米厚才行。这么想着，揣着美好的愿望，继续上床睡觉去，但感觉还是跟先前不太一样了，外面在下雪，外面在下着小雪呢，这个夜晚温情脉脉，躺在被窝里真是幸福。

须出了城，才会看到郊外的麦田里倒是积了不少雪的。小雪喜欢麦田，麦田也喜欢小雪，它们彼此欢呼着，麦田就这样盼来了自己过冬的棉被，还是重磅真丝和织锦缎的呢。这时的冬小麦还没有蔓延成绿浪，一簇簇娇俏嫩绿的苗芽还只是限于在自己的垄行之内生长着，可以清楚地看出每一行的分界线，远望过去，就是一行一行的诗句。而今忽然一夜之间，在这些诗行之间，在每一个字词之间，又铺撒上了一些白雪，于是这首诗就这样完美起来了，可以拿出去发表了。这些在秋末播种而今已经萌发出芽并生长了一段时间的麦苗，现在仍然处于学龄前的麦苗，在盖上雪被之后，接下来就要停止生长，专心致志地准备越冬了。它们会休眠，会睡着，在雪的覆盖下做美美的梦，它们内心还盼望着接下来再下两场大雪，它们会在雪里一口气酣睡到来年春天，再醒过来，待到明年春夏，开花结实，争取一个大丰收。

小时候我对冬小麦这个奇怪的生长过程一直不理解。为什么不选择在春暖花开时节播种，顺应天时地利，享受着充足的阳光雨露，像其他植被那样正常成长呢？为何偏偏要选择在仓皇的秋末种下，在露天里苦哈哈地熬过一个漫长的严冬，到明年开春以后再承接去年年末那个已经停止了的生长过程，再重新开始并继续生长下去，这是何苦来哉？这样死去活来，这样战天斗地，这样冬行夏令，这样独立寒风，这样饥寒交迫，这样逆潮流而动，这样赤手空拳，这样一丝不挂就上阵，这样孤独求败，冬小麦啊冬小麦，在大冷天，在雪地里，你尽力维持着绿色的体面，其实我怀疑你在最大程度的忍耐之中已经捉襟见肘了，这分明是在逞能，是找罪受，是自虐！我把上述英明想法讲给大人们听，我妈妈乜着眼，对我说："你懂什么?!"那表情和口气俨然在说："子非冬小麦，安知冬小麦之乐？"接下来我妈又趁机向我科普了一下冬小麦越冬之原理：冬小麦就是这样一个物种，它们甚至可以忍受-20℃的低温，它的幼苗和根部必须得经过整整一个冬天的历练，在低温里锻炼身体，坚固毅力和意志，因为只有低温能够诱导和促进它们形成花芽，如果没有这样一个低温历练的过程，那么它们就会只长茎叶，开不出花来，也就不会结实……冬小麦的叶苗在寒冬也是绿的，当然部分叶苗也会萎死的，不管怎样，它的根系是强大的，在来年春天会更加蓬勃地分蘖，苗壮地扎堆儿长大……冬小麦的生长期这么长，所以磨出来的面粉才好吃、才劲道，不像春小麦那么黏，是不是？

好吧，聆听完了冬小麦的成才过程，感到这简直比梅花的故事还要励志，以后我们不歌颂梅花了，我们要歌颂冬小麦。知道吗，有一种不屈不挠的精神，叫作"冬小麦精神"。看来这世上除了雪花，没有谁能配得上冬小麦，这世上除了冬小麦，没有谁配得上雪花，以后画国画，还是不要画什么"白雪寒梅图"了，要画"白雪冬小麦图"。

上世纪 80 年代后期，我的一个内蒙古同学坐着绿皮火车穿过了孤独的华北，穿过了冬天，她一见到我就说："一进这个省，透过车窗，就看到露天的田野里绿油油的，我感到奇怪，大冬天，雪地里，怎么还有那么多绿色呢？等火车开近了仔细一看，原来竟种了那么多韭菜。"我笑起来："那不是韭菜，那是冬小麦。"不料她不服，跟我争辩起来，我只好指着旁边一个来自鲁西南县城的同学说："不信你问她，我们这边的人，都认识那是冬小麦，谁也不会认成韭菜。"不料那个山东同学说："我也不认识的，我凭什么就认识呢？"我当时生气了，我不生内蒙古同学的气，我生山东同学的气，因为内蒙古冬天的田野里真的没有冬小麦，那边只种春小麦，冬小麦对那里的人来说只存在于课本上，而上世纪 80 年代的鲁西南县城，其布局基本上像口诀里说的那样："某县城某县城，一条马路一条街，一个厕所一个坑，一个十字路口一个亭，一个警察当中站，还是一个临时工。"骑自行车不小心骑得有些快了，就会一下子骑到城外去，一头栽到麦田里了。同学是好同学，哪里都好，但作为山东人，理直气壮地说自己不认识冬小麦，还反问凭什么应该认识呢，我对此表示鄙视加愤怒，就这样一直把这事记到了今天。我论事不论人，希望这个同学读此文读到这里，不要怪我吧。

亲爱的冬小麦，你遍布长城以南、六盘山以东、秦岭淮河以北甚至部分秦岭淮河以南地区的大半个中国，我不能容忍有人佯装不认识你。

小雪，作为一个节气，雪下得也许并不大，气温却已经开始大大降低了，到了0℃以下，到了要结冰的份儿上了。冬天不再是幻觉和错觉，而是真的了，是实实在在的了。大约是在上世纪90年代中期以前，在还没有大面积塑料大棚种植的那些年代，到了这时候，就连最懒散的人也不能像寒号鸟那样得过且过了，也要行动起来了，如果立冬时没有准备下物资，那么现在都小雪了，这是最后的机会了，得赶紧突击式地去买上一堆大白菜、几捆大葱、两麻袋萝卜土豆，晾晒之后或埋或堆或入地窖，预备着熬冬了。除了瓜菜，还有水果，也有必要存放一些。上个世纪70年代末以及整个80年代，我父母工作单位，每到冬天都要分上两筐国光苹果，可以慢慢地吃上一个冬天，筐子是那种粗糙的青灰色柳条筐，下窄上宽的圆柱形，上面有个同样青灰色柳条编的圆盖子，掀起盖子来，会看到一层干草或麦秸，拨开草秸，就看到了下面的国光苹果。在红富士苹果出现之前，国光苹果在我看来是最好吃的苹果，肉脆汁多，纤维细致。另外，国光苹果长得非常可爱，果子是不大的扁圆，大多为绿色，绿中偶尔会带一点儿微红，在果子顶端，接近类似肚脐的那片区域，往往是渐变色，有一些微小颗粒分布着，可能是风吹的或树叶撩的吧，看上去多像冬天里小孩子皴了的小脸蛋哦，用现在的话来说，就是国光苹果的模样很萌。

有时单位里也会给职工分橘子，但分得比较少，那时运输不便，南方的东西运过来不容易。家里孩子不抢苹果吃，但抢橘子。弟弟小，随便吃，我和妹妹年龄差不多，实行定量分配。有一次我和妹妹每人分了六个橘子，我马上开吃，以迅雷不及掩耳之势把那六只橘子吞进肚子里，而妹妹则细水长流，每天只吃一个，慢慢吃，这样可以一连好几天都有橘子吃。后来她吃橘子的时候，望着我，表情有些得意，明显是在馋我，接下来再充满同情地分给我两瓣，表示有福同享。有一次家里分了一小箱绿绿的莱阳鸭梨，好吃啊，我半夜里从床上爬起来，冒着被冻感冒的危险，光着身子跑到凉台上，去偷吃鸭梨，最后我又鬼使神差地把那一箱子鸭梨每一只都咬了一小口，让每一只梨子上面都留下了我的牙印，我用这种方式表示把它们全占下了。第二天，我妈打开箱子一看，惊呼家里来了老鼠，我在旁边忍住笑，一声不吭。

小雪节气前后，各家开始用坛子腌东西了：腌萝卜，腌芥菜疙瘩，腌雪里蕻，腌鸡蛋，腌糖蒜，腌豆腐，有时还腌一些糖醋蒜薹……够吃半个或一个冬天的了。后来随着物产越来越多样化，腌的东西就少了，或者干脆不腌了。我很喜欢腌东西使用的坛子，就是那些粗陶瓷的坛子，胖胖的，腆着圆肚子，笨拙可爱，它们大大小小地排在那里，产生出这日子过得还挺踏实挺富足的视觉效果。后来，当我读到美国诗人华莱士·史蒂文斯的诗《坛子轶事》："我把一个坛子放在田纳西/它是圆的，放在一个小山上……坛子里灰色的，未施彩釉……"我的脑海里浮现出来的就是小时候家里用来腌咸菜的那种坛子。

我其实只喜欢用来腌东西的这些道具，而几乎对所有腌制食品都没有好感，小时候哪有什么健康观念，只是天生不喜欢吃那些蔫不拉叽的咸东西而已，每顿饭都要端上来的那只咸菜碟子，长了一副姥姥不亲舅舅不爱的模样，我对它表示不屑，还多次劝家里人撤掉它。说到咸菜，我只喜欢吃一种，就是我妈妈自己做的八宝咸菜，虽然叫它咸菜，其实它并不咸，吃起来只比平时的炒菜稍微咸了那么一丁点而已。准备好浸泡过的疙瘩皮，加上白萝卜块，将猪肉皮切成小方块，配上瘦肉丁，再添进去花生米、黄豆、藕丁，有时还要放进去宝塔菜，撒上适量姜丝，最后放上盐和调料，把它们一起放到锅里去焖煮，待到把汤熬到将干未干之际，八宝咸菜就做成了。我上初中住校的时候，每到冬天，我妈就把这种八宝咸菜装满高高的玻璃瓶子，拧上盖子，让我带着去学校，经常有同学问我："我能不能尝尝你的咸菜？"

我父母那个单位，东北人很多，我们搬过几次家，只要住的是单位的楼房，就一定会有东北人在同一个单元里做邻居。每年冬天，小雪前后，东北邻居就开始大规模地腌酸菜了。每当在楼梯上闻到炖酸菜的味道，我就开始哼唱"我的家在东北松花江上"，在我的幻觉里，他们把这腌酸菜手艺从伪满洲国带到了关内，带到了山东半岛，每当吃起酸菜，就想念那遥远的沦陷了的故乡，以此来寄托思念之情，凭着酸菜的味道，可以在全中国找到老乡和亲人。他们腌制的过程我没机会见到，只知冬天里，每遇节假日，就有人敲门来送酸菜了，一般是用碗或塑料袋托来一至两棵腌得了无生趣、奄奄一息甚至算得上腐朽变质的大白菜尸体，那情形还像是在福尔马林里浸泡过很久了。后来我上高中了，等送酸菜的邻居刚一走，我就跟到厨房里去，对我妈说："又送亚硝酸盐来了。"我妈说："滚一边去，你不吃拉倒，我们吃。"我妈把那一两棵酸菜看得很珍贵，存到冰箱里去冷藏，舍不得吃，每次炒菜时只切下一小块酸白菜来，再配上更多的新鲜白菜，混在一起，用来炖猪肉。说实话，这样做，确实比平常不放酸菜的白菜炖猪肉好吃多了，我当然一点儿也没有少吃，连盘子底的菜汤都被我蘸了馒头。

鲁迅先生说，在他的故乡绍兴城里，凡是小康之家，到冬天一定用盐来腌一缸白菜，以供一年之需，他曾经讽刺过他的故乡人好臭食，直接说憎恶自己故乡的饭菜，容忍不了已经不再挺然翘然的笋干，还有那些腌菜，他甚至直接这样写："我将来很想查一查，究竟绍兴遇着过多少回大饥馑，竟这样地吓怕了居民，仿佛明天便要到世界末日似的，专喜欢储藏干物品。有菜，就晒干；有鱼，也晒干；有豆，又晒干；有笋，又晒得它不像样；菱角是以富于水分，肉嫩而脆为特色的，也还要将它风干……听说探险北极的人，因为只吃罐头食物，得不到新东西，常常要生坏血病；倘若绍兴人肯带了干菜之类去探险，恐怕可以走得更远一点罢。"嘻嘻，鲁迅说话就是这样不留情面，实在也应该有个东北作家站出来批判一下自己家乡的酸菜了，别人批评显得不太好，有攻击之嫌，甚至会引出地域性纷争，自己批评自己，才显得公允，外地人和本地人读了，谁也说不出什么不是来。

我有一个绍兴同学，那时每年冬天都要从家里带一些霉干菜来。学生宿舍完全没有开厨烧菜的条件，做不成既经典又好吃的霉干菜烧肉，她就只好抓一大把生霉干菜，撒进从食堂刚打来的饭菜里去，搅拌着吃，有时干脆直接把霉干菜用热开水泡了来吃，弄得像嚼茶叶。我看着她那吃法，表示同情，她则对大家都认识不到霉干菜之美味而对我们充满怜悯。甲之美味乙之毒药，我不好评论，只好这样理解：余光中的乡愁是一枚小小的邮票，是一张窄窄的船票，而对于这位离家两千多里出来求学的女同学来说，乡愁就是一包霉干菜。

小雪节气一到，降温幅度就很明显了，西北风也像小刀子一样锐利起来。到处瞎跑乱窜的小孩子的脸蛋开始皲了，果真朝着小国光苹果的模样发展了。

80 年代有一段时间特别流行戴那种针织毛线的头套，构造极简单，说白了，那就是一个两边全开口的圆柱形直筒子而已，其弹性很好，从头顶上往下一抹，就套在脖子上了，从额前开始折起一圈边沿来，脖颈和后脑勺自然而然被包围着了，至于面孔，想露出百分之多少都可以，五官的遮盖程度随意控制，机动灵活。这种东西一定是懒人发明的，简单到不能再简单，不用拴系，不用扣扣子，不用担心被风吹走和弄乱。我有两个这样的头套，一个是粉红色的，一个是枣红色的，我上初中和高中时一直戴着它们过冬，后来不知所终。不知何时，好像是上大学一年级时候吧，又改成了流行马海毛围巾，我的一个女同学亲自为我手织过一条黄绿色的马海毛围巾，她编织的时候，我坚持每天为她去水房打开水。围巾织成后，长达一百八十厘米，竖起来相当于班里个子最高的男生的身高。那条围巾，它那么长那么暖，像是一大束晒干了的萱草。第一场雪来临时，我戴着它，漫无目的地在校园里走，我看那雪花怎样在地上慢慢地积了一层，我对着一大片白色空茫发呆，麻雀们正起起落落，它们最懂得什么叫快乐。

　　小时候，我曾经想过一个很傻的问题：雪花和雪花膏之间，到底是一种什么关系呢？是不是天一开始下雪，就到了必须得抹雪花膏的时候了，雪花膏也许就是用雪花制作的吧。

那时候最熟悉的雪花膏品类和它的瓶子是这样的：它戴着绿绿的金属扁帽子，身材白胖敦实，陶瓷有着玉的莹润亮泽，胸前正中央有一个面积很小的拱形凹槽，里面贴着拇指盖大小的一块烫金商标，上面有简约的绿叶红花图示，有以楷体字印上去的雪花膏的品名字样，看上去真是相当于在胸前佩戴了一个金色徽章。这瓶子的模样介于写实和卡通之间，有一点原始的自信和稚拙的神气。把那盖子拧开来，揭开一层蜡封，白腻滑嫩的膏体就露了出来，顿时一股浓郁香味扑鼻而来，三花型香味。我在学龄前跟着姥爷住在乡下的时候，家里方桌顶端的长条几案上就摆着一个这样的雪花膏瓶子，里面的气味也是这样的，是不加掩饰的热情和不打折扣的芬芳。冬天，等那个瓶子用空了，我会抱着它，穿着老棉裤笨拙地行走在去往供销社小卖部的路上，去打散装雪花膏。走到柜台前，看到一个超大的装了这种雪花膏的散装瓶子，我踮起脚尖，费力地把钱和小瓶递上去，让售货员用秤来给我称量雪花膏。上小学以后，每天出门前，我妈都要追到家门口，把已在两手上均匀涂抹开来的雪花膏擦到我的小脸上，我因嫌麻烦而摇头晃脑，最后还是不得不对那两只大手就范。那时班旦好像每个小孩都擦了这种雪花膏，教室里弥漫着这种醇厚的香味，在打算盘和念拼音的时候，这种香味在清冷的空气里弥漫着，仿佛开满了梅花。

　　我已经有许多年没有见到这种雪花膏了，在用了名目繁多的这样的保湿霜那样的润肤水之后，偶尔会在某一刻莫名地想起它来。几年前的一天，我突然在一个不起眼的小商店里又见到了这种一模一样的雪花膏，我用双手把瓶子捧起来，手心儿清爽凉润，又闻到了那种很亲很亲的气味。我对它产生条件反射，它连接起我的幼年和童年，当我隔了三十多年之后再去闻它，顿时眼眶发热，眼泪差点儿流下来。亲人们有的离世有的衰老，而我已经走到了人生的中途，这种很亲很亲的雪花膏味是时光的气味，使我无法不怅惘。不管现世的流行气味是浓郁、是奢华、是清淡还是幽静，而它的气味是百分之百地不变的，不管现世盛行何种材质和形状的花哨包装，而它的瓶子和商标却不曾有过一丝一毫的改变，甚至连它的名字都不肯变，"雪花膏"，这个名字像一个村姑，倔强地绽放在那里。就是这样，它在那里一动不动，保持原样，仿佛就是为了等你绕世界一周再回到原地时，重新唤醒你那沉睡了的记忆。

　　当第一场雪降落时，不妨再来听一下刀郎的那首《2002年的第一场雪》吧，真是好听，唱出了雪的感觉，而且是第一场小雪的感觉，他的嗓音深沉，却不乏轻灵，里面有西北风的萧瑟，有枯枝在明净空气中摇曳晃动时的疏离，有面对一片雪地时的茫然。我以为这首歌的歌词的前三分之一部分非常好，很有现代感，很像第三代诗歌，而歌词的后三分之二部分那些有关爱情的语言却不幸落入了俗套。然而由于这首歌的曲子旋律太好了，唱得太好了，足以使人忽略掉后面那部分歌词表达方式的陈旧。正是因为爱情，让歌者永难忘记这一年的第一场雪，也正是由于这一年的第一场雪作为背景，使歌者的爱情更加刻骨铭心。歌里出现了具体的时间、地点和方位：2002年，乌鲁木齐，8 号楼，2 路公共汽车，真是难忘啊。

孟庭苇有一首很好听的歌，叫《冬季到台北来看雨》，而粗心如我，竟经常不小心把它说成《冬季到台北来看雪》，嘿，台北哪有雪啊？当然，我们完全可以模仿这首歌，写出另一首歌来，比如《冬季到哈尔滨来看雪》《冬季到北京来看雪》《冬季到济南来看雪》。

B 面：大雪

我出生在阳历十二月上旬的一个星期四，紧临大雪节气。

大雪，在我的生命里，是一个很不容易的节气，从一出生就很不容易。

我妈妈在生我的前一天，晚上十点，在家里已经提前破了羊水，而且流出来很多。因为缺乏常识，搞不懂是怎么回事，又继续睡觉，直到第二天早晨才去医院。我爸爸上午有四节课，是立体几何，他把我妈一个人扔在医院里生小孩，自己上课去了。那天早晨我妈什么也没有来得及吃，而且也没带吃的，快到中午的时候，同一产房的邻床送了她一个鸡蛋，我妈生我就用了那一个鸡蛋的力气，那个鸡蛋即便没有产生核裂变，威力也真是够大的了。在我出生的整个过程之中，一群医学院的实习生包括很多男生都在旁边观摩，那个场面令我妈妈非常难为情，当然我也难为情啊，人出生的时候，身上都是一丝不挂，什么也没有穿啊。从早晨一直生到下午一点多，我妈就那样干生，费了好大的劲才把我生下来。我疑心我长大之后脑子不太灵光，经常犯二，就跟当年羊水快要流完之后导致不得不干生造成大脑缺氧有关，没成弱智已属万幸。我出生以后，又过了一阵子，我爸爸才急匆匆地赶到医院，他的这次缺席被永久记录在案，足以被埋怨上一辈子，后来每到我生日那天，我妈都要把这次重大缺席事故重新提起，抱怨一番，这成了我过生日的保留节目。话说等到我爸爸赶到医院里见到了我，父女俩第一次见面，那才叫失望呢，怎么会生出这么小的一个孩子，还浑身皱巴巴的？我妈妈为了面子，为了听上去体面些，总说我生下来时四斤半，即 2.25 千克，直到四十多年以后，她才承认这个重量不是净重，而是毛重，其中还包括了一床小薄棉被。其实，去掉那床薄棉被，净重最多不会超过两千克，体重大约在三斤八两到四斤之间。在医学上，这样的低体重儿有一个专用名词，叫作"足月小样儿"。这样的孩子长大后会有许多后遗症。作为一个体形高大的母亲，第一次生孩子，十月怀胎，气势磅礴，竟生下了一个跟一只小奶猫一样大的孩子，实在不是什么光荣的事情，她那一直把毛重当净重的虚荣心，我能理解。

如果以节气来给孩子起名字，那些生在二十四个节点上的孩子，可以直接叫李立春、池雨水、苏惊蛰、段春分、左清明、周谷雨、庞立夏、朱小满、田芒种、江小暑、蒋大暑、汪夏至、徐立秋、梁处暑、陈白露、单秋分、赵寒露、石霜降、耿立冬、贺小雪、张冬至、沈小寒、司徒大寒，嗯，以此类推吧，那么我就可以叫"路大雪"了。其实这些名字都挺好听的，感觉这个生命与大自然息息相通，人的身心的律动是跟自然界的脉搏押着韵的，是平仄相谐的。

据说我出生的时候，还真的下了一场大雪。产房是一排红砖墙绿木屋檐的老式房屋，被落光了叶子的高大白杨树簇拥着，紧挨着的围墙外面，有一条清清河流，依傍着连绵小山流淌过去，河面很宽阔，河水有一部分结着薄冰。大雪纷飞，无声地飘落，落在那些小山上，落在河面上，落在空了的田野里，落在绿屋檐上，落在白杨树灰秃的枝杈上，落在初为人母者既喜悦又遗憾的心上，落在一个婴儿把地球当火星的幻觉上。

一个出生在大雪节气的孩子，生来就是爱雪的。

小雪节气的雪，还是有些扭捏的，说得好听一些，可以叫作优雅吧，而到了大雪节气，年份正常的话，下的应该是飞扬跋扈的雪。

如果大雪真的不管不顾地下起来了，就像有人从半空中顺着风，斜着往下扔着碎碎的纸片，一片，一片，又一片……谁的稿子写坏了，谁收到了绝交信，或者谁恨透了案上循规蹈矩的公文，这样气急败坏地把它们撕碎了，如此密集地往下抛往下扔往下投掷，还是成吨成吨的？大雪任性，大雪轰轰烈烈，大雪横冲直撞，大雪踉踉跄跄，大雪义无反顾，大雪奋不顾身，大雪不会悬崖勒马，大雪可以不要命，大雪不知道什么叫妥协，一场真正的大雪是霸道的、专制的，甚至是极权的，大雪里还有类似贝多芬命运交响乐的节奏和旋律。好吧，我是一场大雪，我充满了强力意志和酒神精神，我就是要重新粉刷和涂抹这个世界，我就是要改变这个世界现有的既定的秩序，等到我融化之后，世界会依然故我，我知道我最终会失败，但我永远不会改变我的计划或修改我的策略。是的，虽然这是雪，但当狂暴到一定程度时，会让人联想到与之完全相反的另一种物质：火。所以，上世纪 80 年代有一首著名的台湾爱情歌由叫《雪在烧》，从字面上看去，这歌名似乎在逻辑上讲不通，而那内里的意思，却是无须解释，便能让人深深懂得的。如果大雪有性别，当然是女的，而且是一个希腊神话里美狄亚那样爱恨分明、铤而走险、铤而走极端的女子。当一场狂暴大雪忽然停顿下来的时候，一定是这个世界最温柔最母性最有情有义最一往情深的时刻，这个现实主义的世界终于相信了，梦想是有的，幸福是有的，乌托邦是可能的。

小时候，我跟着姥爷住在那个山洼洼里的小村子。开始吃晚饭了，姥爷说着："该来电了！"同时就去拉电灯的灯绳，村里只有天黑之后才供电。灯泡就在方桌上方，玻璃球体里的钨丝释放着昏黄的热情，它是寒夜里的灵魂，整个屋宅的精气神都来自它那里。遇大雪天，电线往往会出故障，天黑尽之后，电还是来不了。那个时代，村里唯一的电工，是不折不扣的特权阶层，而且还相当于科技工作者，比后来的高级工程师以及现在的IT 都要牛得多，永远吃香的喝辣的，衣着体面，被迎来送往，他永远都是从俯视的角度去看人，你可以得罪村长，但是不能得罪电工。如果实在来不了电了，那就只好点上煤油灯了。煤油灯的灯罩是一个大肚子玻璃瓶，里面装着煤油，棉绳灯芯泡在里面，灯头是金属的，带着可调节灯芯以控制亮度的旋钮。煤油灯的光亮在风中忽明忽暗，有时还会跳动，人的影子被那昏昏的光晕映在墙上，放大了好几倍，恍恍惚惚，偶尔会吓自己一跳，仿佛聊斋故事里的某种情形。方桌坐北朝南，左右各有一把椅子，姥爷几乎永远占据着左边即东边的那把椅子，我如果不小心坐到了那里，他就会把我撵到右边即西边的椅子上去，印象中只有年纪比他大的同辈分的兔姥爷过来时，他才把左边椅子让给他，而自己暂时坐到右边去。"你兔姥爷比我大。"姥爷向我解释。我一直不明白，兔姥爷怎么就叫兔姥爷呢，他的小名叫"兔"呢还是属相为兔？有一次城里的姨父来了，不小心坐在了左边那个椅子上，结果姥爷把脸拉得老长，几近铁青，在背后一个劲地埋怨姨父"不懂事理"，我说："若是我爸爸来了，也可能坐到你那把椅子上去的。"姥爷马上纠正我："你爸爸一次也没有坐错过。"我爸爸凭什么就有能耐坐不错椅子呢，不得而知。长大以后，我学古汉语或古典文学时，特别留意过这个问题，想弄清楚究竟左为上还是右为上，结果是越弄越不明白了。

大雪封山，大雪封门，积雪都快赶上我大半个身高了，小村几乎被大雪埋了起来。夜间，偶尔会听到屋外头传来"咔吱"一声响，是树枝被积雪压得断裂了。雪下得太大，连村里两个一天到晚在外面溜达的著名的光棍都不见了踪影。一个是本家族的，有癫痫病，发作时会口吐白沫在地上打滚，他的名字叫小坏，平日总是游手好闲地在我姥爷家门口瞎逛，他老大不小了还没娶上媳妇，而且注定终生不婚。我姥爷见他走过来，就叫一声："小坏，吃了吗？"我也跟着叫一声："小坏——"我姥爷马上就冲我吹胡子瞪眼睛，"别没大没小，叫舅舅。"我只好改口恭敬地叫了一声："小坏舅舅——"小坏舅舅歪着嘴，乐呵呵地答应着，抄着手继续朝前走，不知为什么，小坏舅舅给我一种一年四季都穿着棉袄的印象，他的两条棉袄袖子已看不清楚颜色，只是显得锃亮，上面抹着新旧叠加的鼻涕。这样的大雪天，小坏舅舅一定被他妈妈叫回家去了，在堆满柴火的灶火跟前猫着了。村东面岔路口那里光滑的大石头台子上，也落了厚厚一层雪，那里原本每天都坐着一个比小坏舅舅年纪更大一些的光棍，也是娶不上媳妇而且注定终生不婚的人，叫孟苦瓜。孟苦瓜的命真苦啊，从小死了爹妈，自己智力还有问题，大家都说他是一个傻子，住在只有三分之一棚顶的破屋苴子里，不会做饭，抓生麦子吃，这样的人一辈子只能当"绝户"了。可是我无论如何也感觉不出他傻，还经常跑过去逗逗他，他对我也挺和善的，后来我长大了，也还是没看出他究竟哪里傻来，他每天不也活得笑嘻嘻的嘛，看上去比村里其他人似乎还更快活些。我把我的想法说出来，请教我姥爷，我姥爷忍不住咧着嘴笑了："你看不出他傻，那是因为你也傻。"下大雪后，孟苦瓜不见了，估计被好心的大娘婶子叫到家里去了，这样的非常时期，可不能让他在外面有个闪失。很多年以后，美国总统贝拉克·奥巴马成为我心目中的偶像，我一看到他的视频和图片就两眼发直，我要求我妈跟我一起喜欢奥巴马，我妈却说："奥巴马的形象有什么好？他那样子，完全就像你姥爷村里那个孟苦瓜。"我气得无语了。

清晨起来，院子里的雪地好肥沃。雪地上印下了一串动物脚印，姥爷走过去，研究了一会儿，想判断是什么动物来过。"来过一只大仙。"姥爷说。大仙指的就是黄鼬。姥爷家的庭院对面是一片无人住的屋荏子，也就是房屋废墟，其他部分都破败不堪，唯有朝向我们家庭院的这面山墙还是完好的，黄鼬肯定是绕道我家到那里面去的。我曾经在雪地里见过一只黄鼬，有一次只有我一个人在家，我蹲在堂屋门前外面的台阶上，面朝着那面屋荏子的山墙，埋头摆弄手中一个雪球，雪球刚放在手中时，手里感到冰冷，后来我紧握得时间久了，雪球变硬，快成了冰疙瘩，手就麻木了，反而感觉热乎起来。就在这时，我抬起头来，忽然看见在那面青灰色山墙下，在离我五六米的地方，一个身材苗条、面容清秀的金黄色绒毛动物正安安静静地站在那里，它的两条后腿完全没入雪地，两条前腿举在胸前，小手悬着，一动不动，它有小圆脸尖下巴，眼睛水汪汪，完全就像一个俊俏灵动的小女孩，它望着我，我望着它，我们俩就这样互相对望着，呆怔在那里，我觉得它有话对我说，它真的有话对我说，它马上就要开口对我说了，在感觉里似乎这样过了好长时间，它才忽然决定转身离去，拐了个弯，钻过阳沟，去了那片屋荏子。它走后，剩下我呆在雪地里，好长时间缓不过神来。

接下来，还没吃早饭呢，就听到屋后的小道上传来了"哪……哪……哪……"的敲梆子的声音，我仿佛看见单肩挑着豆腐担子的妇女，扁担一头挂了一只扁圆的豆腐筛子，盖了细薄的绒布，其中一个上面还放了一把杆秤，她把拿实心小木棍的一只胳膊环绕过扁担，敲着另一只手里的长方形空心木器，那声音在厚厚雪地里回响着，显得格外清脆，传得也似乎比平日更悠远些，这是最日常的乡村打击乐器，它把这大雪天敲得更加闲寂了。这样的天气，竟然还有人出来卖豆腐。姥爷以最快的速度走到里屋盛起一瓢黄豆，拿上小铝盆，出了院子。过了一会儿，他就从雪地里走回来了，手里托了一块刚刚换来的卤水豆腐，那豆腐竟还微微冒着热气呢，冷的白雪和热的白豆腐，两者就这样相遇了，情何以堪！姥爷一进屋就说："不得了了，听说昨天晚上，北场里，拴柱家圈里的小猪被狼叼走了，下这么大的雪，狼一定是饿坏了。"

大雪天，姥爷大部分时间都在侍弄屋子里那只铁炉子，劈柴，填煤球，我屋里屋外来回跑着，无事忙，姥爷生气了，嫌我开门次数太多，把屋里热气都放跑了。我实在闷得慌，就决定开始独自表演唱，就是一边唱一边跳舞，动作都是自己胡乱编的，我唱的是《白毛女》

选段，字正腔圆："北风拿着锤，雪花拿着瓢……"长大以后才知道，那句歌词原来竟然是"北风那个吹，雪花那个飘"，我很不以为然，觉得原文其实远远不如我小时候误解里的那个意思更生动。

黄昏，家家开始做饭了，炊烟从厚厚的雪地里升起，玉米饼子的香味混合着雪的清冽。这时节，姥爷很喜欢熬上一大锅疙瘩汤，来当作晚饭。做疙瘩汤，先用葱花和姜丝来炝锅，再倒水进锅，待水煮沸之后，把提前用面粉兑水搅成的小面疙瘩，一撮一撮地下到锅里去，做成汤粥，接下来放一点白菜叶或者萝卜丝进去，再打上鸡蛋花，加点盐，出锅前再滴上香油，这样一锅热腾腾的疙瘩汤就做好了。疙瘩汤的好处是，连饭带汤带菜，一下子全都齐全了，两三碗下肚，不仅充饥，还取暖，热乎乎的，浑身暖洋洋地舒坦。姥爷和我，祖孙俩在灯下，在方桌前，喝疙瘩汤，发出呼呼噜噜的响声，那响声里有一老一小互相陪伴的欣慰。为了显得高一些，我跪在了椅子上，把头埋进粗瓷大碗，嘴巴上抹了一圈糊状物。我穿着工装棉裤，棉袄外面套了布褂，这些衣裳的图案全是方格子的，不同颜色不同大小的方格子，褂子右胳膊位置还用别针别了一个手绢，随时可以擦嘴抹脸。小辫子共扎了三根，两根耷拉在双肩，还有一根贴着头顶，匍匐在脑门右前方，全都用彩色塑料皮筋捆绑着——小辫子是一个没出五服的本家的舅母帮我扎的，我早晨起床后，要出院门，到石板路小街对面她的家里去找她，让她帮我梳头，她嫌我头发是自来鬈，不守规矩，就用梳子蘸些水，把我的头发梳理得尽量熨帖，辫子绑得紧紧的，有时梳得过于紧绷和结实，就可以接下来连续两三天不必梳头了。

夜晚，躺在床上，茅草屋顶上传来风刮过时的窸窣之声，两扇对开的堂屋正门上面安装的是玻璃窗，而厢房里的窗牖是木质方格的，上面糊了可以透光的薄纸，风吹得那纸在抖动着，对我说着"冷"。夜里迷迷糊糊起来如厕的时候，风声消停了，不小心从堂屋玻璃小窗往外瞥了一眼，看见月光正映照在雪地上，雪地像一只大碗，盛满了月光。我特别留意了一下我妈从城里给我捎来的新鞋子，它们好好的，待在方桌旁边的地面上，这下我算放心了，我老觉得在这样神秘的夜晚，鞋子会逃跑，两只一起逃，或者走失掉其中一只。

当然，下了大雪，不能错过堆雪人。无论大人还是小孩，请准备好扫帚和铁锨铁铲吧。把雪聚集在一起，堆成一个大雪球，上面再堆放一个小雪球，分别当成身子和脑袋。接下来，用两块瓦片当眼睛，垂直地插上一个胡萝卜当翘鼻子，用一只大纽扣或者一个红山楂当嘴巴，也可以画上一道上扬的红色弧线既当嘴巴又当笑容。至于穿戴，给它戴上一顶礼帽或者一顶毛线帽，脖子处围上一条围巾，帽子和围巾的颜色，选择鲜艳一些的当然更好，身体正前方呢，再竖立着镶嵌进几颗石子，表示大衣纽扣。这样，一个雪人就做成了。

天气越冷，雪人就越精神抖擞，那圆胖的体内似有清冽之声，它有一张人畜无害的脸，有懵懂的憨态，简笔画一样单纯的线条，让人老想跑过去，张开双臂抱抱它。而雪人也有悲哀，与生俱来的悲哀，第一个悲哀是迈不开腿，不能走路，只能守候在原地，一动不动，眼睁睁地看着小孩子在旁边蹦跳，自己空有一颗雀跃的心。除此之外，雪人还有一个更大的悲哀，就是不得不与西北风和零下摄氏度做朋友。有时候它会做噩梦，梦见春天，当被噩梦惊醒时，它惊魂未定，恰好看见阳光照了过来，照在自己身上，它的皮肤开始有些发痒，它开始有了忧虑，阳光会把它整个人照得萎靡不振，照得汗流浃背，照得体积越来越小，直到化成一洼清水，不得不与这个世界告别。雪人永远只能站在你的家门口，却走不进你的屋门，它既向往人间温情又不得不逃避温暖，向往爱又不能爱，它过着充满悖论的人生，而这人生又是如此短暂，它才是质本洁来还洁去啊。

上高三时，我每天乘坐那种有两个车厢的大通道大巴通勤车去上学，学校周围有山，车需要上下坡。下大雪时，为预防打滑，每个车轮子上面都会捆绑上那么一长串铁链子来增加摩擦力，那链子粗粝、豪放、大大咧咧。坐着这样的汽车，轰轰隆隆地行驶在冰雪路面上，感觉像是乘着战车或者坐着坦克去上学。我总是站在两个车厢之间，在邻近车门的地方，手里拿着历史课本，并不去关注车厢里那带着雪的足迹杂沓，也并不去观看窗外风景，哪怕是浩大的雪景，我只是一路地把书读过去，书里另有一场更大的风雪，压过了书外的这场大雪，命运之轮也拴了铁链子正轰隆隆地把十七岁碾轧过去。很快我就离开了那座城市，据说有人曾经问起来："每天早上，那个总是站在车门口读书的女孩，怎么不见了？"

有一年，我坐飞机飞越北极，正前方大屏幕地图上显示着航班正好就在北极点上了。我把鼻尖贴在舷窗玻璃上，俯瞰下方，为了看得更清楚些，我把鼻尖压得扁平。下面是一望无际的雪原，阳光斜斜地淡淡地映在那无边的雪上，完全是一个耀眼的白色统治着的天地，飞机飞了很久，还是没有飞出这片雪原，一直这样望过去，无比震撼。渐渐地我开始感觉这片雪原不再那么具体了，而是成了一个抽象的存在和逻辑的存在，像是一个巨大命题摆在舷窗外，要求我去探讨，企图接近宇宙之本原。"茫茫白色，白色茫茫，多么形而上学"，这是后来我在诗歌《过北极》里写下的一个句子，后来这首诗的英文译者将它翻译成"Vast whiteness and white vastness，so metaphysical"。我觉得精彩极了，象形文字的重复意味和词性变幻之妙，竟可以在拼音文字里找到如此准确如此到位的对应，这里的拼音文字似乎深得象形文字构字组词方式之精髓了，为了表达那茫茫和白色，那白色和茫茫，这几个英文单词此时此刻排列出来的这个模样和队伍，它们的那种形式感，看上去是不是也契合了大地白茫茫一片的苍茫与纯粹，是不是也特别地形而上学呢？

我设想，如果在小说或者散文里，当描写到一场大雪，写到大地上的茫茫白色和白色茫茫时，如果需要使用上一大段文字，那么这一大段文字里应该没有标点符号，所有标点符号都是多余的，实在应该将标点符号统统省略掉，让这段有关大雪的文字，真正像一场大雪无垠地没有间断地没有缝隙地铺展在大地上那样，壮观地铺展在稿纸上。在意识流作家那里当然早已写过这样的后现代的小说段落，至于有没有作家真的这样写过大雪，就不得而知了。

当一场大雪纷纷扬扬地覆盖了这个世界时，最适宜做的事情是什么？我的回答是：发呆。大雪遮掩并填平了原来日常生活中的一切，无论是良善的、邪恶的、肮脏的、繁荣的还是庸俗的，都被遮掩起来了，世界只剩下一片无垠的皑皑白色，这时的大地就像一个空白的预言。人忽然置身于这样一个纯粹的背景和氛围，现世的一切似乎远离了，人一下子进入了一种神性的光晕之中。这时候，只有发呆，只有发呆才算得上是正经事。发呆，在这里也可以理解成出神，指的就是进入冥想，达到一种愉悦的忘我状态。人的整个身心都从过去的那种紧绷的态度转变成了松弛的态度，朝着万事万物敞开来，这是一种不作为的光景，任由自己去了，任由事情自然地发生和发展吧，也可以说是一种类似灵魂出窍的创造性的状态，思绪乃至神经末梢仿佛通过一种看不见的电波，与宇宙的内部和深层联结在了一起，接收到了来自上天的信号，与上帝同在，于是乎，人似乎回复到了人类的初始的样子，回到了伊甸园。那是在佐也山中吧，松尾芭蕉写下了这样的俳句："拿起扫帚要扫雪，/忘却扫雪。"拿起扫帚正要劳动呢，竟把原本要做的事情给忘了，为什么忘了？那一刻以及接下来都发生了什么？作者没有交代，我认为那一刻作者一定是站在茫茫雪地里，发起呆来。那一刻那场大雪忽然把他感动了，他一定产生了沟通天地之感，认识到这个世界的神秘性，进入到一种类似于禅宗甚至更为深邃的宗教的状态，他在发呆，专心致志地发呆，所以就把扫雪这样一件属于洒扫庭除的日常俗事给忘了。罗伯特·弗罗斯特有一首诗叫《雪夜林中小立》，他和他骑着的小马在夜晚到达一个农村朋友家的树林边，不见人烟，他并没有去通知和打搅朋友，而只是在那里停留下来，欣赏披上雪装的树林，听着风飘绒雪轻轻拂过的声音。这时诗人在做什么，他和他的小马一起，在雪地里发呆，这样静谧美好的时刻，可以与天地精神独往来，竟使他一时半会儿忘记了继续赶路。

在茫茫大雪覆盖了一切的巨大布景之下，那些仍然在咬着牙努力，孜孜不倦地上进，把工作的喧嚣和琐屑带进生命里去的人，真的是太没趣了！那样的人真是把活着的手段跟活着的目的给弄混淆了，当梦想、美和诗意——这些都是我们人类活着的最终目的——忽然免费地呈现在一个人面前时，有的人竟视而不见，仍然在各种各样的事务和生计——这些虽重要但只是生存的手段——构成的泥潭里面深陷着拔不出来，忙啊忙，低头赶路，埋头数钱，抬头看手机查股市行情，对着电脑赶写公文，这样的人真的是太傻了。这时候即使是一个乞丐，在去往地铁车站行乞的路上，也会停下来，对着茫茫雪地发呆上那么几分钟的，在那短短的几分钟里，也许他会不小心想到永恒。生命中最美好的事物，对于永恒的冥想往往都不是从功用中赚取的，而是由上天随机赐下来的福分，而恰是这看似无用的冥想生活，才会使人类社会更加完美。黑格尔曾经明确表达过这个意思，托马斯·阿奎纳也流露过一点儿类似的意思。《圣经》中干脆说："你们要休息，要知道我是神！"意思就是说，只有停止工作，安静下来，才能够认知上帝。

下大雪了，可喜可贺，古人比我们活得有意趣多了。

《世说新语》里有个雪夜访戴的故事，说的是东晋王徽之住在山阴，半夜起来，往窗外看去，白茫茫一片，于是，这样一场大雪唤起了激情，他又饮酒又读左思，忽又心血来潮要去剡县看望隐居的好友戴逵。于是立即乘船沿江溯流而上，走了一整夜水路，在船上观看了一夜雪景，他像那场大雪一样兴高采烈啊，第二天清晨才到达朋友家门口，这时感觉已经很尽兴了，于是没有敲门，直接掉转船头，打道回府，人问其故，回答说："乘兴而去，兴尽而归，何必见。"看古人活得多么即兴和洒脱，一场大雪是用来审美的，一场大雪是用来抒情的，一场大雪是用来让自我生命更丰满的，那是灵魂中的一场大雪，所以过程才是主体，目的不过是副产品，既然过程如此美好，至于目的，可以忘却，或者可以干脆直接省略掉了。

明末清初的张岱，则在大雪之中特立独行，在西湖大雪三日之后，湖中人鸟声俱绝，天与云、与山、与水，上下一白，这时的张岱真有雅兴，竟夜半独自前往湖心亭去看雪，更出乎意料的是，还在那里遇到了两位也在夜半来赏雪的人，双方惊喜，志趣相同，惺惺相惜，一起饮酒。唯有内心足够丰盈之人，才会在如此大雪之夜，离开人群和家人，形单影只地出走，去往荒僻之地，这样的人可以独处而并不觉孤单，大自然的寂寥与人的寂寥恰好交相辉映，相看两不厌。这样的人会产生一种可以与天地对话的静悄悄的喜悦，这样的人偶尔也会一个人不小心笑出声来的吧，他的笑声，只有雪会听见，那些碎琼乱玉，会以簌簌之声或者咯吱咯吱之声来回应。

《红楼梦》第四十九回第五十回，写到下雪了，宝玉起初担心这雪晴得太早没意思，第二天虽门窗尚掩，见窗上光辉夺目，他埋怨天晴了，日光已出，而揭起窗屉，从玻璃窗内往外一看，原来不是日光，竟是一夜大雪，下将有一尺多厚，天上仍是搓棉扯絮一般。接下来在这琉璃世界里，大家都很兴奋，穿戴各异，吃鹿肉喝酒，踏雪寻梅，出题限韵，作诗联句，还要作画。瞧瞧，一场大雪带来了多少乐趣，堪比节日，而且又具有那些世俗节日所不能相比的风雅。

至于那个林冲，他的故事里那场雪下得那么大，自然界的暴风雪最终演变成了他命运的暴风雪，他心中的暴风雪，他性格的暴风雪，他行动的暴风雪。那雪下得密，下得紧，下得急，下得猛，下得有压迫感，下得凶险，下得惊心动魄。那场大雪有着铿锵的节奏，有着风风火火的诗意，唤醒并撩起了一个人内心早已潜藏着的愤怒和反抗，使一个逆来顺受循规蹈矩之人变成了一个勇敢决绝桀骜不驯之人。如果没有那场大风雪的激励，林冲很可能还上不了梁山。他的被逼上梁山，当然有着某种内在必然性，但最后的总导演则是那一场旷世的大雪。皮兰德娄有一篇短篇小说《瘦小的燕尾服》，一位身体肥硕的教授租来了一件瘦小的燕尾服，去参加自己女学生的婚礼，瘦小的衣服穿在身上令他烦躁不安，紧绷的袖子还开了线，这时女学生妈妈忽然去世，导致本来就不太满意这场婚姻的男方家想取消婚礼，这位性格原本优柔寡断无所作为的教授，忽然一改上帝赋予的本性，雄赳赳气昂昂地镇住了要解散的众人，慷慨激昂地主持了婚礼，挽救了两个相爱的人的命运。这造反成功的勇气和力量来自哪里？正来自那件瘦小的燕尾服。同理，可以说，林冲最终上梁山造反的激情也跟那场暴风雪不无关系。

印象中，绝大多数大雪总是在夜里下的，人在熟睡了一夜之后，早晨起床，拉开窗帘，一抹亮光豁然映入视野，哇，下大雪了。这给人一种错觉，仿佛是由于自己整夜酣睡而招致了这场茫茫大雪，这场大雪肯定跟自己长时间的昏睡有关，睡眠使得所有郁闷都化成了水汽结成了冰晶，如果自己睡得时间短一些或者只是浅睡，引起的可能只是小雪或雨夹雪，如果只是打个小盹，天就只是阴下来，如果我压根没有睡，那么天兴许还是晴的吧。这场大雪是睡来的，睡了一整夜，早晨醒来，竟获得了这么一个大雪的奖赏。

这个由大自然颁发的奖，必须领。

大雪天，我曾经一个人徒步十几里去本城北面的一个大湖，观看从冰雪里伸出湖面的零星的枯荷，它们比绿叶高擎骨朵欲放时更能打动我。看完枯荷，吃着一根冰糖葫芦，再步行回去。

大雪纷飞，曾经一个人冒雪步行去市中心，为一个即将结婚的女同学买礼物。最终买了一只布娃娃，她扎着小辫，脸上有小雀斑，我就抱着那只布娃娃，在雪里走，深一脚浅一脚。

大雪过后，曾经一个人去了黄河大堤，穿着红衣裳，在像墙一样的大堤上走，看雪和太阳互相照耀着，看河面漂浮着挂雪的冰块，看留在北方过冬的野鸭从灌木丛里突然飞起，它们的翅膀把冰雪和沙土带上了晴空。

我喜欢在大雪天里，穿大棉袄裹长围巾，抱着一棵雍容硕壮的大白菜，在大街小巷疾走，厨房案板上一块卤水豆腐正等着它。顶风前行之时，感觉自己就像英勇的女游击队员，正为破碎的山河护送着鸡毛信。

大雪铺天盖地，盖地铺天。我也曾是风雪夜归人，独自赶往回家途中，天气越来越冷，心却冒着热气。等到了家，打开门扉，把灯掌上，把咖啡泡上，把窗帘拉上，把枕边书打开来，就这样一下子安静了。听着雪在窗外轻叹，忽然感到活着的每分每秒都消失得太快。

当大雪正下得起劲，或者在大雪刚过之后，有的时候，愿意跟很要好的朋友一起出去，在雪地上奔跑，跳跃，打滑，打雪仗，摔倒，欢天喜地，乐极生悲，用身体写下祝愿和向往。多年前，在一个我生日前后的大雪天，我跟一个私交极好的我的女学生，一起从外面办事回来，为了防止在积雪路面上滑倒，我们不得不手拉手走路，有相互搀扶之意，就这样一边走一边说着话，不知怎么回事，话赶话，我提到很多年前自己的一个恋爱故事，讲到了某个荒唐细节，她忽然很机灵地问了一句与性有关的话，那句话极其可笑却又一语中的，于是我忍俊不禁，她也跟着开始笑，忽然俩人笑得失去了平衡，一个牵连着另一个，同时四脚朝天，仰面倒在了雪地上。望着旋转的天空，那笑声依然无法停止，竟越笑越起劲，两个人后来索性在雪地上笑着打起滚来，滚着滚着，我忽然有点儿认真地对她表示：我又想去谈恋爱了。

一位如今已经调动去了海边的闺密，在她还没调走时的某个冬天，那时我们都还年轻呢，我们俩冒着大暴雪在校园中照相。我们都不是喜欢照相之人，不摆任何姿势，只是呆立着，随便照了一张就等于完成任务，算是对自己和这场大雪都有了个交代吧。那次把相机套弄丢了，白茫茫大地上，竟无论如何也找不到那只黑色的相机套。等照片洗出来，吓了一跳，上面的两个人在完全无意识的情况下，身体朝向同一方向倾斜着，那倾斜度仿佛是用尺子量好的，完全相同，丝毫不差，脑袋也全都朝着同一方向歪着，那歪过去的角度，也像用尺子量好的，丝毫无异，而脸上的呆萌表情，竟也完全一模一样，俩人穿着同样款式的棉袄，就那样站在雪地里。天哪，这像什么？我们异口同声：像企鹅。她调走之后，我们常来常往。有一次，她来了，住了几天，想走时，下了大雪，导致航班停飞，高速公路封闭，火车大面积晚点，还买不上票，她只好继续住在我家里，感谢大雪替我把好友挽留下来了，我们得以继续围炉夜话。又过去了很多年，一个冬天，她坐高铁过来了，一场大雪之后，正值雪化之际，我们俩坐在一个很著名的泉边，晒太阳。我们什么也不做，只是看着泉旁那个亭子上的枯草以及瓦棱里的积雪，雪在融化，雪水从亭子的翘檐往下滴答着，又落入下面的泉水之中，泉水再荡漾开去，似乎这就是时间流逝的速度和节奏吧，不紧不慢，却一去不复返，只有当蓦然回首之际，才会发现它竟如此迅疾。那瓦棱上的积雪在一点一点地减少着，天光渐渐转暗了。就这样，从晌午一直呆坐到黄昏，想到从相识到现在，已经过去了二十年，从青年到了中年，这二十年的友情依然纯洁而深厚，是各自生命中一场终年不化的大雪。年轻时观雪和中年时观雪，心绪还是很不一样的，宋词里写"少年听雨歌楼上，红烛昏罗帐。壮年听雨客舟中，江阔云低，断雁叫西风"。那么，如果将词中的"听雨"改换成"观雪"，少年观雪，中年观雪，那感觉上的区别，约略也是相仿的吧。

　　还是那个美国的史蒂文斯，他有一首诗，叫《雪人》，不知道他在这里指的究竟是什么，是指用雪堆起来的那种雪人呢，还是雪中之人，或者人在茫茫雪中的时候就像一个雪人？其实也不必过于追究，诗人很可能是在故意模糊上述几种事体的界限，以此来表达人与大自然的合一，人在大雪之中的忘我之态，表达自己那颗冬日之心。此诗行数并不少，实际上全诗却只有一个英文的复合句组成。在诗中，雪的统治最终变成了一片透明，无论从道家去分析，从禅宗去分析，还是从玄学去理解，似乎都不错，但似乎又都不够完全。此诗从表面上看去确乎有些东方文化的影子，但诗人没有中国传统诗人惯有的那种对自我精神状态的粉饰，在写到洁白大雪和青松翠柏之时，并没有表现出自命清高，反而是按照现有的清凉温度一路继续冷下去了，直到彻底冷酷。诗人在诗中充分表达出了作者本人所具有的冰冷气质，此诗的内核倒依然是十分西方化的。在此诗原版的结尾，特别有意思，两行之内竟出现了三个"nothing"，仿佛让读者看到一片空旷而没有任何人为附加意义的雪地，比"白茫茫一片大地真干净"还要坚决，比"千山鸟飞绝，万径人踪灭"还要绝对。

也许，大雪，这自然界中之物，确实是既具象又形而上学的吧。也许，大雪，可以当成四季之景中的《启示录》吧。

2017 年 10 月

麦秸垛里的鸡蛋

阳光升得很高了，已经接近晌午。小院是由山石简单围成的，一丝风也没有，草在墙头上一动不动。小院寂静得有些反常，似乎有什么事情快要发生了。果然，过了不一会儿，一只老母鸡步履蹒跚地踱到院子中央，咯嗒咯嗒地叫起来，于是院子里顿时有了些动静，石墙缝里吹进来了风，墙头草仿佛也随着摇摆起来。

我扔下手里的鸡毛毽子，出了堂屋房门，朝着院子东北角的灶间的方向跑去，姥爷在后面大声叮嘱着。

这是一件必须由我来做的事情，这件事情谁也不能跟我抢。

在灶间外面，榆树下的光线略有些暗。我在拐弯处稍稍停了几秒钟，很快就适应了。在离灶间不太远的地方，在墙角，有一堆大致堆成锥形的麦秸，算得上一个小小麦秸垛。麦秸是今年的，已经晒干了，黄灿灿的，镰刀留下的切痕很清晰很整齐，从那里面散发出阳光火热的气息和麦子的香味。每日做饭时都要从那里抽取一些当作柴火，抱到灶间里去，往灶底的火里填，被抽取的地方是在不太显眼的侧面，那里已经形成了一个凹进去的草窝。

这个麦秸垛上的小窝其实是一个隐蔽的产房。

在那里，我看见一枚鸡蛋，安静地待在草窝的中央。

我蹲下来，近距离地盯着它看了片刻，疑惑地揉了揉眼睛，确定它真的就在那里，看得见摸得着，并不是我的幻觉，一切都是真的了。这是一个奇迹，在简陋的土坯茅草盖成的灶间的外面，在粗石垒成的墙角旮旯，在人很少去的麦秸垛背面，在荒芜蓬松的草窝窝里，不知什么时候，竟忽然多出了一枚鲜亮的鸡蛋。周围顿时充满了喜庆，那个草窝窝的产房更是被照得蓬荜生辉。

我感到那枚鸡蛋知道我要来，它早就在那里等着我了。我克制着激动，把它拾起来，双手捧在掌心里。它还是温热的呢，上面留有一只母鸡的体温。这次是白皮的，不知为何有时候拾到的鸡蛋是红皮的。它的形状是完美无缺的几何和代数，它薄薄的壳子上有几乎看不见的细密匀致的微小颗粒，类似皮肤纹路，那上面当然还有一些看不见的小孔，用来透气。

它是一只母鸡的爱。它是一只母鸡的慈祥和温柔。

它是一只母鸡每天的留言，相当于日记，其体积大小大约跟这只母鸡的心情有关。它是一只母鸡吃进青菜、粮食和小虫子之后交出的答卷。还有，我长大之后会认为，它是一只母鸡的女性意识。

我对那只母鸡崇拜起来。她长得其貌不扬，身材臃肿，穿了一套中年妇女常穿的素色家常布衣，她的嗓音也不好听，不够高亢和清亮，有点沙哑，还说着一口难听的土话，总之她怎么看都像本村我那些拖儿带女的舅母们……可是她有一只神奇的屁股，一只有灵感的屁股，一只富有创造力的屁股，这只屁股说一不二，办实事。

这枚鸡蛋此刻那样具体那样沉甸甸地安放在我的掌心里，我的手还太小，一只手掌捧着它实在不够稳妥，故必得双手捧它，于是更多出了一些敬重。我分明感到手掌里有颗小小心脏在跳，跟我身体里那颗心脏的跳动频率是一模一样的……我童年的太阳在头顶上照耀着，那么温暖，我想我若是在这大太阳底下多待上一个时辰，当温度足够时，手里的蛋兴许就会裂开一条缝，从缝里会钻出一只小鸡雏的脑袋来吧。我朝着堂屋一溜小跑，两根小辫子在脑袋后面飞起来，仿佛要拽着我离开地球。我听见姥爷在堂屋一侧的厢房里喊着我的小名，声音击打着木棂方格小窗上糊着的那层薄纸，他在孤独的后半生，有了我这样一个跌跌撞撞性子急躁的小孙女。他埋怨地喊道，你慢点儿跑啊，别把鸡蛋摔碎了。他的声音也像晌午一样温暖，我是一个幸福的孩子。

我说，来了，来了。我兴奋得慌慌张张，根本控制不了跑的速度，到了堂屋门口时还是被木门槛给轻轻地绊了一下，还好，身体晃晃悠悠，最后保持住了平衡。姥爷已经从厢房走出来，站在堂屋门口迎接着了，手里举着一个大瓢，递了过来。他的手很宽大，皮肤粗糙得几乎赶得上粗颗粒砂纸，骨节和青筋从那手面上凸显出来，早晨在田里翻整犁沟时带出的新土还像美德一样在上面沾染着，没来得及洗掉，那手还经常握了斧子，劈开一根根偏偏的硬木头，取出藏在木纤维里面的热量，点着炉子，取暖煮饭。那只瓢是一只硕大葫芦的二分之一个身体，它的另一半不知道去了谁家，它的末端细小，有柄，顶部圆粗，有肚脐——也都是只有一半的——这瓢大张着口，露着已经结了痂的当年的凶猛切痕，仿佛时刻都想跟失去的另一半重逢并相吻合，重新变回一只葫芦。这只大瓢比我要年长得多，外壁已被手摩挲得溜光水滑，是锃亮的棕色，先前一定是用来舀过面的，疙疙瘩瘩的内壁上挂着些面粉痕迹，发白的是小麦，微黄的是谷子，金色的是玉米。

那只大瓢里面已经有好几只鸡蛋了，我又把新拾来的这一只小心翼翼地放了进去，让它跟其他几只挨在一起，垒起一个正梯形。姥爷说要给我蒸鸡蛋糕吃，我说，不，我要吃炒的，放葱末。接下来，我开始数数瓢里面一共有多少只鸡蛋：一、二、三、四、五、六……第一遍没数好，我又重新数，最后终于准确无误地认定共有十一只鸡蛋。我的数学启蒙无疑就是从数鸡蛋开始的，遗憾的是，我长大成人之后，数学水平依然停留在数鸡蛋的本领上。

这是多么伟大的一天，云淡风轻，阳光普照，我在偏僻的麦秸垛草窝窝里拾到了一只鸡蛋。

许多年以后，在超市里看到一打又一打鸡蛋，盛装进定形的盒子里，摆放在货架上。它们被贴上了商标，标上了价格，码上了生产日期，它们整整齐齐，它们规格统一，它们成千上万，它们批发零售，它们不再像过去那么易碎……它们是从养鸡场里出来的，鸡们在那里的流水线上过着无期徒刑的集中营生活，以下蛋为己任，把自己当成下蛋的机器，在狭小的铁笼子里，一个挨一个地挤在一起，日夜被灯光照射着，吃着可以让身体快速膨胀的乏味饲料，在患禽流感之前早已先患上了抑郁症，鸡蛋的味道也随之变得压抑和烦闷，没有了麦秸的清香和阳光的温情。产下一只鸡蛋不再像过去那样稀罕，不再需要满院子跑着颠着传喜报，一桩原本值得骄傲应该受到尊敬的神圣工作现已变成了在终生监禁之下严格执行的劳役苦工。当媒体终于报道出现了禽流感病毒时，大家对禽鸟类及其延伸物都避之唯恐不及了。有一天我在卧室里看电视，上面播出了我所在的城市高致病性禽流感已导致一人死亡的新闻，我忽地想起冰箱里那些刚刚买回来的鸡蛋，于是即刻感到浑身不舒服，似乎开始发热、鼻塞、头痛、流涕，出现了禽流感症状之幻觉。

在工作单位，在某个办公桌上立着一打从上到下的灰色小抽屉，我的注意力总是放在第二个小抽屉上，那里从不上锁，里面总是放着一些有用没用的表格、文件或信纸，纸张规格不一，纸片杂乱纷飞。那些纸都是用木材或者干草做成的吧，有一定的湿度和酸碱度，纸页上面偶尔会发现纸浆里没有完全被搅碎轧平的成分，还能看得出某种草茎的形状，被镶嵌在一页薄片片里打着草本的瞌睡，整个小抽屉里弥漫着植物的清幽之气，大地以这样隐蔽的方式向我唱出了它的牧歌，那大小不一的纸页堆积在一起，真的很像一个小小麦秸垛了，还是一个乱蓬蓬的草窝。我在其中翻翻拣拣，常常可以发现里面夹杂着刚刚寄给我的汇款单，那是收发人员放进去的，那些淡绿色单子上有我的名字，盖着邮局投递时盖上的黑色邮戳，有时一张，有时两张，多时会有四五张，它们大都是些数目不等的小钱，是我的零零星星的稿费。当然也有空手而返的时候，而每有所得，便感到意外和惊喜了，啊，我又拾到了鸡蛋，那上面似乎还带着写作时手指触摸键盘的温热。这些小钱刚好让我用来购买日常生活之外的那部分快乐，额外的快乐，假若得到的是一大笔巨款，大大超过了需求，那么它就只是一个令人麻木的阿拉伯数字，也就失去了隔三岔五地在一大堆有纷乱纸页的抽屉里寻找和发现的兴致趣味了。其实，三十多年以来，我一直都在不停地"拾鸡蛋"，我的所谓幸福生活也无非就是到麦秸垛的草窝窝里去拾拾鸡蛋吧。

姥爷离世八年了，那座石头院子还在，只是再也没人住过，灶间外面早就没了麦秸垛，没了下蛋的母鸡，那只大瓢或许还在房屋厢房木头柜子上放着吧，里面空空的，除了时光的灰尘，什么也不会有了……当年的一切都已成空，"当年"是哪一年，那个小孙女六岁之前的岁月，该是哪一年呢？

2008 年 5 月

柳 条 箱

　　我收拾行李箱，准备去英国。我的行李箱是一只二十六寸的托运拉杆箱，相对于我一米五八的身高，它显得有些硕大。它有三百六十度自由旋转万向轮和密码锁，箱体是多层复合 PC 材质的，经过了雾面磨砂处理，黑色箱体上面有炭灰色印花，隐隐约约的图案是全球各地标志性风光，在印花主体之间又零星点缀了绿色的和白色的小图标，是符号化了的飞机或者海关印章。箱体外形八个角都设计成了胖墩墩的笨笨的圆形，这使得这只原本打算摆文艺范走优雅路线的箱子忽然间就呈现出了幽默感，带上了卡通风格，或者说很有些"卡哇伊"了。

　　箱体上面留下了过往旅行的印记，比如某个国家机场的橘红色安检标签以及行李托运标签，已经撕过了但还是有粘得太结实的一部分残留在上面。那半撕半留的印迹使得这拉杆行李箱更加具有了魅力：一方面，作为一件机器时代的工业产品，它有了人工的占领和批注，它比崭新得什么痕迹都没有的时候增添了脆弱和孤独，它不再完美，却更加丰富了；另一方面，表明它的行程和风光当以万里计，它的轮子上沾着从回归线到暖温带再到寒带、从东半球至西半球的尘土，是的，如果可以给一只箱子写传记的话，可以说，这只拉杆行李箱有着走南闯北东跑西颠的一生，它水陆空都走过了，它甚至还不止一次经过北极点上空，它比徐霞客去过的地方可是多多了。

　　箱如其人，我的行李箱内部跟我家房间一样乱糟糟：为了本次出行而刚刚放进去的物品，全无分类并全然平等地胡乱堆放着填塞着，手提电脑、充电器、国际转换插头、拖鞋、洗漱用品袋、隔脏睡袋、睡衣、《圣经》、袋装冷水冻干咖啡、纸杯若干、电蚊香、两副备用眼镜、钙片、安眠药、脑清片、毛衣、风衣、裤子、装有酒店确认单机票确认单人身保险单各类紧急电话号码备用护照相片之打印版的塑料文件夹、风油精、皮鞋、卫生卷纸、小型布老虎（本人出行吉祥物）、汤因比《历史研究》（途中佯装学者）、云南白药喷雾（准备崴脚）、备用手机一个备用信用卡两张（遭劫之后启用）、A4白纸一沓，甚至还有一只小铁桶（用途为多种可能）。除此之外，里面还有从前岁月里在旅行中产生而一直懒于取出的各种各样遗留物：一张 2013 年的诗歌会议通知，一张忘了哪年的关岛 ABC 商店购物小票，一张 2016 年 5 月 21 日从纽约飞往洛杉矶的登机牌，一张呼伦贝尔宝木巴国际青年旅社的名片，一张贺兰山岩画的门票，一只找不到配偶的船形袜，一板早已过期的黄连上清片，三片绿箭口香糖，不知何年何月飞机上赠送的摸上去已碎的小包装康师傅苏打饼干，一枚微小的爱默生头像冰箱贴，一份 2018 年 9 月 18 日星期二的英文版《中国日报》，头版是关于上海世界人工智能大会的报道，图片上一个男人正在跟机器人下棋。

我的一位老师说："家是什么？家是放浪形骸的地方。一个人在外面受着这样那样的约束，不得不遵守各类规章秩序，那么回到家里来，理所当然要放浪形骸。"而一个人在旅途中，随身携带的行李箱就是一个移动着的临时之家，是一幢微型房子在地球表面滚动着，是梦想在现实中的外化，是生活在别处的无言表达，有着具体的四四方方的房屋的形状。行李箱的箱体外观当然最好是要结实、要整洁、要好看，至于箱子内部，也是可以放浪形骸的吧。

行李箱的轮子在路面上快乐地滚动，仿佛在说：出远门了，出远门了。走出家门，挥手拦出租车的时候，我的脑海里竟莫名其妙地冒出了一句词："小舟从此逝，江海寄余生。"

这一次，我忽然想起了另外一只跟眼前这只拉杆箱体积差不多大小的行李箱，那是一只柳条箱。

我平生见到的第一只箱子应该就是那只柳条箱。

在旅行像今天这样变得民主化之前，一只柳条箱从它一经存在起就自带着忧郁气质，一种不需要在具体使用过程之中被赋予就注定早已存在着的诗意。这是一只并不便捷的柳条箱比一只便捷的拉杆行李箱所具有的优越之处。

我还进一步感觉到，我正在使用的这个拉杆箱和另一只早已成为废旧物品的存在于记忆中的柳条箱之间，有一种遥远的却清晰的对应关系。可以说，我这只带炭灰色印花的黑色拉杆箱正是来源于那只柳条箱，那只柳条箱是这只拉杆箱的前生，这只拉杆箱则是邦只柳条箱的今世。那只早年的柳条箱带来了一连串的蝴蝶效应，连我这个人也是这个蝴蝶效应中的一个部分，这个蝴蝶效应一直催生出并影响着眼下的行动：我将动身飞往英国。

那只柳条箱，当然不是牛津布的，不是皮革的，也不是热可塑性合金塑料的，它什么轮子也没有，什么拉杆也没有，至于密码锁也是没有的。跟当下由机器生产出来的各式各样的玄幻的拉杆箱相比，柳条箱有一种平装的斯文以及随着时间推移而越发明显的尊严。柳条箱是纯手工制品，柳条在指尖上纷飞旋绕，带着民间手艺人的心绪。它当然是用柳条编成的，柳条有遇水胀大的特性，做成器具，便有了盛水或者防水的功能。那些削了皮的白色柳条，白色中还泛出很轻微的很天然的淡黄，保持着适当的硬度和柔韧度，手工将柳条编成箱盖和箱筐两部分，再以两只金属合页将它们连接起来，就制成了一只长方形容器。这箱子的内部很简省，竟然没有内衬，没有布料的或者纸质的内衬，箱子内里仍然是直接裸露着柳条的，这样反倒显得纯粹和利落。这箱子外部的棱角和镶边，都用漆成绿色的薄金属条片给包围并箍了起来，零散地打着几个不大的铆钉，这样就有了加固的作用，同时也可看作是装饰，绿色镶边与淡淡黄白色的原色柳条搭配得很是好看。柳条箱的箱盖和箱筐两部分合盖上之后，交接之处的左右两边，分别安装了两个菱花形锁鼻子，可以同时挂上两把小锁。两个锁鼻中间，箱体上安了一个棕色皮制把手，握起来挺而软，既有力度又不会伤手。这个柳条箱的体积约莫着可以装得下一个五六岁的小孩。那一根根柳条交叉着扭绞在一起，编织出来类似小鱼儿身形的花纹，这样极简的几何元素在空间里做出有规律的均匀的交织，在无限的重复之中形成了一种韵律，从一个瞬间产生出另一个瞬间。这些纹路，细细密密地，在凸凹不平之中又有着润泽滑腻的手感。如果不考虑箱体边角上的轻薄铁片的话，它几乎是一个完全的植物性的存在。不用说，它跟那些金属的、合金的、塑料的、纸质的、岩土等材质的物件是完全不相同的，相比其他材质，它是有体温的，有回忆的，有脉搏的。即使跟那些木质器具相比较起来，它也是不相同的，它最大限度地保持了植物品类的原始样貌，可以清楚地辨认出柳枝来，很容易使人联想到杨柳依依、晓风残月、河边青青草。

从我开始记事起，这只柳条箱就跟另外一只红漆的木头箱子一起，并排安放在双人床的床尾，它们被放置在一排支起的条凳上，靠近床内侧的是那只红漆的木头箱子，靠近床外侧的是这只柳条箱。两个箱子里面总是盛放着洗好了并叠得整整齐齐的衣服，这使得它们一被打开来，就会有一股碱面和肥皂的气味扑面而来。碱面是作为洗衣粉的替代品，肥皂是华光肥皂和扇牌肥皂，那是清洁的味道，是妈妈身上的味道，是善于持家和富有上进心的味道。当我有了自己的家，我始终没能营造出类似的气味来，我的家中有尘土味，有书卷纸张在时间里囚禁着的淡淡霉味。大约由于那只红漆的木头箱子只能上一把锁而柳条箱可以同时上两把锁吧，柳条箱比红漆的木头箱子得到了更大的重用，它并不只是用来盛放衣服，妈妈还会把家里的重要证件和两个人每个月的工资压到柳条箱的箱底，将两边的三环牌小挂锁认真地锁上，于是柳条箱又充当了保险柜，当然是最简易的那种。妈妈常常把柳条箱叫作"柳条包"，我常常听到她对我爸爸提到某件物品时，会说："放到柳条包里了。"这句话差不多就等于说"保存起来了"或者"收藏好了"。这只柳条箱，在那个阶段，算得上是家中比较重要的一件家具，即使在有了大衣橱之后，它的地位也没怎么减弱，它代表着 20 世纪 70 年代一个普通人家的清贫和安心。那时候的家只是一间十几平方米的公房，双人床尾放着柳条箱和红漆的木头箱子，床头则挨着一张三抽桌，还有一个矮方桌平时放在三抽桌底下，吃饭时拉出来当饭桌，旁边地上放着墨绿色的煤油炉子。家中房门是有天窗的灰漆木门，房门外面是公共院落，院落里有高大的泡桐，开淡紫的花，而家里的窗户则正对着另一排平房人家的窗户，这家窗子与那家窗子之间的狭长过道是空荡的，长着簇簇杂草，扔着砖块和空酒瓶，偶有上房爬屋的孩子在红瓦房檐之下摸到鸟蛋和雏鸟，那过道上面是一条窄窄的蓝天。这就是当年在省城南郊妈妈单位分的家属宿舍平房里的场景，那是我五岁到十岁之间的光阴。

红漆的木头箱子是妈妈单身时使用的箱子，而那只柳条箱是爸爸单身时使用的箱子，确切地说是他大学时期的用品。结婚是很简单的事情，一个人拎着他的那只柳条箱，另一个人则拎着她的那只红漆的木头箱子，两只箱子碰头，并排着摆放在一起，就是结婚了。两个人结婚，差不多也相当于两只箱子结了婚。

1961 年的初秋，一个少年拎着这只新买的柳条箱离开了乌河旁边的一个村庄，踏上了人生旅程。在那时，像这样一只柳条箱算得上是一件贵重物品，非得有转折性大事件与之相匹配不可。一迈出老宅的院门就是芦苇荡，河水清澈幽远，芦苇颀长蓊郁，有螃蟹爬过堤岸，直接爬到家中院落里来。少年跟从着他的父亲，俩人坐马车赶到城里的火车站，等待一列从海边开过来的绿皮蒸汽机火车。火车开过来了，火车拉响了汽笛，那汽笛声里有一个时代的憧憬和悲怆。少年兴冲冲地上了火车，他上去之后，竟始终没有再往车窗外面看一眼。外面的人敲窗子或者呼唤，里面的人也没有听到，于是那位做父亲的一直站在站台上冲着车窗挥手又挥手，依依惜别，盼着他的儿子也能扭过头来回应一下，而少年正被第一次独自离家远行的新鲜感所鼓舞，他的脑袋和目光完全朝向火车将要开往的方向，压根忘了站台上给他送行的他的父亲，就始终没有做出任何回应。就这样，火车吭哧吭哧地启动了，开走了，没有回头。据说那次送行，让那位多愁善感擅长舞文弄墨且偶有文章见诸报端的父亲十分伤心，他把这件小事记得牢牢的，记了整个后半生。那个场景，后来由两位当事人分别对我讲述过，版本基本一致。同样都是父亲送儿子远行，在朱自清的散文里，是刚刚成年的儿子在火车车厢里透过车窗深情而怜惜地望着站台上父亲日渐衰颓的背影；而在这里方向却完全颠倒过来了，成了江河日下的父亲站在站台上透过车窗深情而无奈地望着火车车厢里生机勃勃的儿子的背影。当我从课本里读到那篇经典散文《背影》的时候，遂想起了我爸爸和我爷爷之间多年前的那一幕，我不但没有被那篇经典散文感动，反而没心没肺地笑了。

父亲第一个理想是当飞行员，他已经通过了层层考核，闯过一关又一关，同一考区后来仅剩下两个人，父亲名列其一，然而最终却未被录取，结果毁于政审。于是接下来，父亲开始力争实现他的第二个理想：考大学。

那一年的作文题目是《记一个熟悉的人》，父亲少年时即擅写作，他们那个年级的学生几乎统统是在老师的授意之下背诵着我父亲写下的各种题目的诸篇范文走进考场的。那一年，父亲的数学考了全省第一名。那个时代高校录取时将学生档案按照以家庭出身个人成分为主的诸因素分成四类：第一类档案是学校和专业均不受限；第二类是学校受限而专业不受限；第三类是学校不受限而专业受限；第四类档案是学校和专业全都受限。我父亲的档案则属于第四类。他前三十二个志愿后面的录取栏里均被标注上了"出身成分受限，不予录取"，这样就到了第三十三个志愿也就是最后一个志愿：曲阜师范学院（后来叫曲阜师范大学）。当时曲师大的教务处处长为了录取这一个学生而专程往我奶奶家跑了一趟，硬是顶着各种压力把我父亲录取到了数学系。有很多考分远不如父亲的同学，都被录取到了重点大学，而父亲则连曲师大也差点儿去不成。真的感谢那位 1961 年的教务处处长，我不知晓他的名字，只知他后来因为连续好几年都录取了一堆像我父亲这样的学生而受到了运动冲击，平反后不久就离世了。很多年以来，我一直都有一个愿望，去这个教务处处长的墓前献上一束鲜花，替所有那些人和那些人的后代们。

　　十八岁的父亲提着一只柳条箱上路了，那里面盛着他的青春和理想、他的怀才不遇、他的无法回避的出身、他的命运。一个人的过去、现在和未来都聚拢在那一时刻了，聚拢在一只柳条箱里。那一时刻的那只手提柳条箱，是对于幸福之可能性的承诺，同时也代表了一代人的时尚。火车咣当咣当地行驶在胶济线上，又转到京沪线，黄昏时分停靠在了兖州站。第一次独自离家远行的父亲，下了火车，计划找一家客栈住下来，第二天再转乘长途汽车去曲阜。可是不知为何他转来转去，竟没有找到一家合适的客栈，天擦黑时，在铁道边发现了一座废弃的空屋，他头脑一热，索性决定在那里面将就一晚。他将几块砖头拼在一起，裹上旧报纸，当了枕头，身子底下铺了一块塑料布，躺在了地板上。柳条箱就放在身边。睡到半夜，肚子咕咕叫，被饥饿唤醒，才想起竟忘了吃晚饭。那是一间已经拆除了窗子只剩下半拉子的废旧建筑，躺在那里的地板上，可以直接望见满天的星星。多年之后他对我不止一次讲起过这个夜晚，那个夜晚的故事，在我听来仿佛发生在古代，古代书生投宿客栈未成不得不寄宿荒郊野外的废屋，情节接近《聊斋志异》，是的，如果那是古代，那我们家后来的所有一切则都是从那样一个古代而来的。很久以来，对于所谓"体面"

的人生，我时常会产生出一种莫名的恐惧，反而很想去体验一下做一个拾荒者或者流浪者的感觉，某种行为和状态之中的不安全感和不确定性总会给我激情，为了尽可能体验多样化的人生，宁愿去做一个既定秩序和稳定程式的破坏者，我知道在这一点上，我和父亲是一模一样的人。

有一年我得以到曲师大校园里转悠了一圈。数学系的建筑，是如今这个大学校园里仅存的民国建筑了，青砖灰瓦，附属回廊环绕着主楼，构成迎风半开的庭院，葛藤爬了半个山墙。在1961年至1965年的暮色里，在楼道初亮的光晕里，在窗外树荫下，一个穿着毛蓝布中山装和软底布鞋的男生，正把过往因三年自然灾害而一度耽误了的身体发育来弥补和追赶，所以他的身高还在增长着。风吹过树梢，那时他多么年轻。那只柳条箱放在男生宿舍里，是他唯一的财产，而他仍然觉得自己是富有的，一大段空白时光正在前面等着他。那时候，我的母亲，正在省城郊区的中学读书，她梳着"刘胡兰头"，整齐垂直的头发遮住双耳，又用头绳从头顶分离出一绺头发扎成小刷子耷拉在一侧，与其他大部分头发汇总在了一起。对于这个数学系的男生来说，这个她已然存在，只是隐含在他的某个函数方程里。那时，我在哪里呢？我大概在一朵蒲公英的绒球里，在从天而降又蒸发了的雨滴里吧，我是他的代数算式里的未知数。

　　这次我将远行英伦，与我的拉杆行李箱一起，飞越亚欧大陆。我的每一次出行，都不是由人陪伴，而是由一只行李箱陪伴。它的轮子的滚动速度总能跟得上我的步履。在路上，与其说是它那几只圆形的脚在滚动，倒不如说是我的心在滚动。我在途中会跟这只行李箱说话，在陌生的机场和车站，它是一个很好的物理支撑，我会把疲惫的身体依偎在它上面休憩，它不是他者，它是我的第二个自我。在异域的酒店和旅社，这只拉杆行李箱几乎相当于我的故乡。这只拉杆箱在图案和细节的设计上都进行了很多人性化的努力，但跟柳条箱相比，仍然明显地属于后工业时代的机器产品，它的细节过于精确，有着平均主义的质感和坚硬的表情，无论如何，它总是显得比柳条箱更抽象一些，更概念化一些。然而随着使用次数的增加，随着年岁变久，加之人对它的信赖、依恋和不离不弃，渐渐地，它有了人情味，它的质地和表情不知从何时起开始变得柔软起来，沾染上了主人的个人气息，甚至有时候我会觉得它的外表面貌就是我的模样，而这面貌模样很可能又是灵魂的模样，或者说我可以从上面看到自己灵魂的倒影。人不可能两次踏进同一条河流，人不可能两次踏进同一条柏油马路，人不可能两次踏进同一座机场，人不可能两次踏上同一个车次和同一个航班，人不可能两次踏进同一个国度，人不可能两次返回同一个家。我拖着拉杆行李箱满世界乱跑，似乎只是为了战胜虚无。

从父亲的那只柳条箱到今天我正携带着的这只拉杆行李箱，在一连串的蝴蝶效应之中，有一个非常重要的环节，那个环节如此重要，重要到足以使好几个人的历史都被改写了。

那一年父亲大学毕业了，那一届曲师大的毕业生，凡是分配到同一座城市去的，均乘坐着同一辆长途客车去报到。就这样满满一车人一下子同时涌进了省城的教育局，在报到处，还遇到其他大学的毕业生也在办理报到手续。毕业生们的档案都已经寄达并存放在了教育局里，在那里每人只需要交上大学里下发的派遣证，办理一个签到，就等于基本上完成了报到手续，同时在现场会领到一张写有自己名字和中学名称的报到证，直接拿着到市里各个中学去工作就行了。爸爸拿到的那张报到证上写的是位于市中心的一所中学，这时候旁边一个已经领了报到证的女生，歪过头来看了一眼我父亲刚刚领到的报到证，忽然叫嚷起来："天哪，我们俩名字一模一样啊,一个字都不差!"一个本来就比较罕见的姓氏,名字三个字,性别还不一样,在同一现场,两个人却完全重姓重名,这个概率真是太小了,如此小概率事件,只能用命运来解释。接下来女生建议两人交换报到证。这在技术上是可行的,大家均已在市教育局签到报到了,具体去哪所中学工作,这报到证上写的两人的名字是一模一样的,彼时没有身份证一说,报到证上连性别也未注明,交换一下也无妨。据说女生是本市人,而父亲领到的报到证上那所学校恰好就在女生父母家附近,女生希望离家近一些,而对于父亲这样一个外乡人来说,这座城市里的任何一所中学对于他没有什么不同。于是父亲就不假思索地答应了。

1965年7月的一天,父亲拎着他的那只柳条箱,赶往报到证上写着的那所中学。他先是坐上客运汽车,从省城市中心一直往南去,出了城,渐渐进入泰山西北麓的余脉之中。后来,汽车在一座大山坡前面停下来,柏油路中断了,前面是土石路面,是升高的山路,汽车不往前开了。于是父亲就下了车,跑到路边上去拦截顺路的马车,马蹄嘚嘚,继续往南行进。渐渐地,山势变得险峻起来,路面坡度竟开始大于四十五度了,蜿蜒细长的山路几乎悬挂在半空,马车艰难攀升,仿佛要走到天上去。然而听马车夫说，像这样的山岭，必须得翻越至少三座。父亲开始纳闷了，一所原本属于省会的中学，为什么并不在市区里面，而是翻山越岭，离市区越来越远了呢，就这样走啊走，何时才能走到啊。这时候，他终于明白自己上当了，上了跟自己重名的那个女生的当，她作为本地人，对本地的地理状况是相当了解的，她哄骗了一个不明就里的外地人。就这样，父亲和他的柳条箱一起坐在马车里，距离市区越来越远，人困马乏，跟从着那随机抽样一般的命运，一点一点地往省城的南部山区移动着。那日到达目的地时，天已晚，山色苍茫，四野迷蒙，鞭影斜阳，古道西风瘦马。

父亲就这样来到了省城郊区的一所中学任教。那里恰好是母亲曾经就读过的中学。虽然号称重点中学，但其实就在一个大山沟里，位于一个废弃了的老县城，到上个世纪60年代时已经完全没落成了一个镇子，周围全是村庄和农田。这个镇有个奇怪的名字，叫"终宫"，通常又写作"仲宫"，据说这里是汉武帝时期一位叫终军的外交家的出生地。一位两千多年前的短命才子，在《汉书》里被记了一笔。此地没有任何关于终军这个人物的遗迹或传说，即使后人凭着想象塑个石雕像出来，高高大大地立在街心，这个人物在大家脑海里也仍然是不着边际和无法触摸的，顶多算是莫须有，跟后来在这里繁衍生息的人们一毛钱关系也没有。这个历史人物的最大功用就是给这里留下来一个地名，一个没有根的空地名，似乎是忽然从天上空降下来的那么一个称谓。那个私下交换报到证的行为，那偶一闪念，就这样把父亲从省城市区交换到了山里乡下来了。当然在不久的后来，柏油路修到了镇上，近郊客运汽车也通到了镇上，但地形地势仍然是这里最大的天然阻碍。至于这个镇子跟市区之间那三座大山终于被炸开来，把山巅分阶段落下来直至完全落下来，落成平坦路面，开通南部山区与省城之间十五分钟直达的公交快捷通道，那是很久很久以后的事情了，大约是到了 21 世纪的事情了。而在此之前，尤其是在 20 世纪六七十年代，在山峦尚保持自然原始状态，公路汽运不够发达时，从镇上进城，往北去，还颇有"蜀道难"之意。上世纪 70 年代末期，我上小学二年级时，有一次去市中心我姨家走亲戚，姨是我妈妈的亲姐姐，家在城中央有一座单独的四合院，紧挨着两幢红白相间的古色古香的洋楼，据说我们平日里读的报纸就是从那里面编出来的，那次我表姐带着我到她同学家里串门去，表姐那时已经在读师大附中了，她向同学介绍我："这是我表妹，乡里来的。""乡里来的"这几个字，我听到了，并且在我听来，这几个字下面还是加了着重号的。没错，在那个年代，那个后来才被划进市区的山中小镇还是名副其实的乡下。

我常常想象，如果父亲那天没有遇到那个跟他重名的女生，如果他们即使遇见了，父亲并没有答应交换报到证，那么他就不会跑到这个山沟里来工作了，就不会遇见我的母亲，他们会各自跟别人成婚，生出来的孩子只能是另外的人，是其他人，反正不会是我。也就是说，如果不交换报到证，这世上就不会有我这么个人存在了，我这个人其实也算得上是那次交换报到证的间接结果之一。我的存在，既是一个偶然也是一个必然。换言之，一切都是最好的安排，上天让我成为我，而没有成为其他人，上天让我在一个如今被称为"省城后花园"的群山之中出生并度过了幼年和童年，谷幽林茂，泉河丰沛，大地随便卷起一个小角就是诗，那是足以影响一生的恩赐，那里正是我的"百草园"，而后来我生存其中的所有其他空间，统统都是"三味书屋"。

如果不是找了母亲这个当地人结婚，那么父亲在这个山中小城里可谓举目无亲。父亲在那个中学里一口气待了十三年。十三年里，时代巨大的魔咒箍在了脆弱的个体的额头，命运逼着这个带着黑色出身标记的异乡人把高傲的头低下去，一低再低，低了又低，直到再也没有什么可低的了。他连多愁善感的权利都没有，只是偶尔自我安慰一下幸亏没有学了文科，"学数学都尚且如此了，学了文科则会直接丢掉性命"。

很多年过去，也就是在父亲去世十年之后，2016 年春天，一个机缘巧合，我竟然奇迹般地在鲁中地区一个市级档案馆里亲眼见到了父亲的档案。那是他工作的第二个地市。按照规章制度，档案内容是不准随便翻看的，由于情况特殊，馆员请示领导之后，网开三面，我被允许以查找某页资料的名义，把那一大袋子档案飞快地从头至尾翻阅了一分钟的时间。是的，顶多一分钟，档案就被硬夺了回去。我只被允许确认签字并由工作人员复印其中两个页码。可是匆匆瞥过的那一分钟里，父亲那大咧而流畅的字迹在我眼前纷飞，深蓝色墨水、浅蓝色墨水、黑色墨水，那些时间的痕迹既实在又虚幻，墨迹和纸张都带着明显的年代感，竟使我的脑海里一下子记住了一些关键词：地主、祖父、父母、镇反、生活作风、开除公职、土匪、判刑、流放青海、交代材料、申诉书、入党申请……天哪，每一个词都足以致命。这个家族究竟有多少被隐藏起来的秘密，死去的人永远不会开口说话，我将永远不得而知了。

那天黄昏，从档案馆里出来，我两眼发直。接下来一个星期，都缓不过劲来。犯生活作风问题的那个人，我没能看清楚，到底指的是谁呢？犯生活作风问题，会不会是浪漫的另一个代名词？开除公职应该是指我爷爷，可是爷爷不是独生子吗，怎么竟还会有一个亲弟弟？为什么家中从来没有任何人提起过这个人的存在呢……如果弄不清楚档案中的这些人和事，那么我是什么人的后代呢，是的，我，究竟是谁？我从哪里来，要到哪里去？这简直演变成一个哲学命题了。我终于忍不住去问我妈妈："我不会是流氓和土匪的后代吧？"我妈妈把眼一瞪，命令我："不准胡说八道。"

在我把从档案馆复印出来的那两个页码上交某个机构之前，又自行复印了一份，带回来了。在我看来那两个页码正好是档案中最平常不过的部分，是人人都要填写的属于大众模板的部分，反而是没有什么特殊内容的两页。但妈妈把它们接过去之后，悄悄藏匿起来了。后来我怎么向她索要，都索要不出来了。其实，关于我爸爸的那个家族，妈妈知道得并不比我更多。

父亲比母亲提前调动了工作，离开了那个叫"仲宫"的山中小镇，剩下母亲带着我继续生活在那个镇上。再到后来，母亲也办理了调动手续，于是父亲回来接我们了，我们就搬家了。那一天，镇上制药厂的朋友派了一辆黄河牌大卡车去送我们，父母坐在驾驶室里，我主动要求坐在后面的车斗子里。当时我九岁半，独自跟柳条箱等不多的家什坐在一起，全部家当总共才装载了半个车斗子。风中的洋槐花掠过头顶，我几乎能伸手够到它们。我们是在天刚蒙蒙亮时悄无声息地离开的，没有搅扰任何邻居。我们就这样永远离开了那个山中小镇，翻过一道道岭，穿过省城中央，然后又出了城，行驶在了长途公路上。那辆大卡车一路颠簸着把我从童年运载到少年，把我们全家从 20 世纪 70 年代运载到 20 世纪 80 年代。就这样那只柳条箱也跟随着我们从一个地市到了另一个地市，后来又从一个生活小区转移到另一个生活小区。

渐渐地，这只柳条箱被更新式的箱包和家具替代了，它被冷落了，被放置在楼房的地下室里，用来盛放旧衣服和旧玩具。终于有一天，地下室也难以容下它了，嫌它占了空间，它要给新来的一批旧物腾地方，那些比它新得多的旧物要占领它的地盘，于是这个比旧物还要古旧的柳条箱，就被扔在一辆小卡车的车斗子里，跟其他一些物品一起，拉回了乡下奶奶家，扔在老院落的老屋厢房里了。这时候，乌河流经那个村庄的河段已经完全干涸了，河床中浸透着从化工厂排放出来的油污和废料，芦苇荡早已不见了踪影，那个紧邻河边的老院落也无人居住了。这只 1961 年的柳条箱，在外辗转了近半个世纪，又回到了当年它出发的那个起点。这只柳条箱，它一定还记得当初的光景吧，记得它还是崭新的时候，第一次被拎着走出这个院子，被它的主人拎着去上大学的那个初秋的早晨。

如今，整个时代都被安装上了轮子，整个世纪都被安装上了轮子，转动得越来越快的轮子。一只行李箱也不能例外，也必须要安装上轮子，而且轮子越来越先进，单向轮，万向轮，飞机轮……总在更新换代，版本不断地在升级。安装上轮子的目的又是什么呢？为了追赶虚空，虚空的虚空。所以，一只没有轮子的柳条箱，是笨拙的，是冬烘的，即使完好无损，注定也要被淘汰，它剩下来的莫须有的价值或许只能是被当作古董，用以拍卖，供怀旧之人收藏吧。启用有时，珍视有时，重用有时，替代有时，搁置有时，废弃有时，消亡亦有时，万物皆有定时。

父亲遗留下来的物件极少。尚在妈妈家中留存着的，有他的毕业证书、职称证书、几本发表学术论文的样刊、一摞晚年从事小说创作的未整理手稿、一把水果刀、一盆亲手栽种的虎皮兰，除此之外，再也没有其他的物品了。当然，还有，就是这只已经被当作废旧物品送走了的柳条箱，柳条箱是父亲的所有物品之中最早最旧的一件。

我想念那只柳条箱，那只大大落后于时代的柳条箱，就像想念我的曾经与之相伴的一部分童年时光和一部分少年时光。

现在我离这只柳条箱是遥远的。此刻它正在那座早已无人居住的庭院里，在老屋厢房一个结着蛛网的墙角，收纳着时光的尘埃。这只柳条箱再也等不来它的主人了，它的主人的后代们如今也分散各地，罕有人回返了。盛夏的荒草一定高过了木窗棂吧，雨水打在屋瓦和窗台上，听上去多么寂寞。

1961 年的柳条箱，在时间流逝之后它继续存在。即使它作为物质形态也彻底消亡了，它依然会在记忆和想象中继续存在。它知道所有的秘密，但它什么也不打算说。

2020 年 8 月

藤　　蔓

　　我上小学二年级那年夏天，学校里掀起了灭苍蝇运动。

　　为了鼓励大家积极打苍蝇，学校里要求每人每天都要打苍蝇，并且把亲手打死的苍蝇上交给自己班里的卫生委员，由卫生委员数数有多少个，在小本子上记录下来，每周根据歼灭苍蝇的个数评出一二三等奖，颁发书包铅笔盒钢笔铅笔练习本等不同类型的奖品。

　　于是我每天都得举着一个苍蝇拍走在上学放学的路上，随时随地地准备打苍蝇，而且准备了火柴盒和小瓶子等容器来盛装它们的尸体。这些小容器就塞在书包里，每天跟文具一起背来背去的。

　　灭苍蝇运动一直持续到天凉了秋风起了，终于没有苍蝇可打了，才算结束。

　　在打苍蝇的过程中，我认识了庞姨。

　　我们班级位于仲宫镇老街的某个四合院里，相对于主校区来说，算是一个分部。这个四合院小学通过一个又长又窄的小胡同通往外面的石板大街，这个细窄的小胡同里除了知青点门洞，就是一户人家的后窗，这个后窗正是庞姨的家。

话说那还是初夏，是在刚刚开始打苍蝇的时候，为了能打到更多的苍蝇，我变得利欲熏心，直接私闯到四合院小学的隔壁去了。后窗对着四合院细窄胡同的这户人家，正门开在石板老街上，我是从那里的大门走进去的。

那天女主人正在院子里择鱼，一些鱼内脏扔在地上，其中还有半透明的白色鱼泡，几只绿豆蝇围绕在上面，我拿起苍蝇拍就奔了过去，准确无误地将它们打获归案，放进了我随身带的火柴盒里去了。女主人见我帮她打苍蝇，很是高兴，拿出水果糖来给我吃。

忽然，屋后头传来了声音："庞姐，你给我拿块砂纸来——"于是被叫作"庞姐"的女主人就进屋拿了一块砂纸准备往屋后头送，她递给了我，我接过来，一溜小跑地去了屋后。

原来在堂屋后头，还有一个可算作小后院的窄长的地带。

那里有一个留着寸头的年轻人正在干木工活，他骑在一根条凳上，把一支铅笔别在耳朵上，嘴里叼了一根香烟，正用刨子在一块木头上来来回回地刨削着，木头越来越平整了，同时旋切下来的那些长条形刨花，薄薄地翻卷着，散落在了地上，满地的刨花散发着木质的清香。

于是我就继续在这个屋后头打我的苍蝇。我打了一阵子，就看见那个木匠放下手里的活计，去前院了，后来他又返回到屋后面来，将后墙上爬着的一堆茑萝藤掀了起来，从墙上竟然露出来一个小木门，他打开门插销从那里出去了，那边应该直接就连接到了另外一条小胡同里。被称作"庞姐"的人，过了一会儿，过来把这个隐蔽的小侧门的插销重新插死了，将掀起来的茑萝藤重新放下来，遮住了那扇小门。

我开始细细打量起这个院子。

这个院子有坐北朝南的主屋和坐南朝北的附屋，它们相对着而形成了大前院，主屋的屋后头则是那样一个可以看作小后院的窄长地带，至于附屋的背后应该就是我们四合院小学的那个细长胡同了，有一个小后窗开向那里。这个院落的大前院和小后院种满了各类植物，尤以藤类居多，爬满墙体，攀附在任何可以附着的位置，除了茑萝，还有凌霄、牵牛、紫藤、爬山虎、还有蔷薇。

即使在阳光晴好的日子，在大中午头，这个院子也是有些阴着的。

庞姨让我常去她家玩，看来她喜欢小孩子。

庞姨家的院门是朝向石板老街中段的，是全仲宫镇最热闹的地段，可是庞姨好像从来不走到街面上去，她永远待在自己的院落里。我猜测庞姨的年龄，她好像三十多岁吧，也许快四十岁了，反正感觉比我妈妈要大一些，她平时穿着一件细花府绸薄衫，独自坐在屋前的竹椅上。足不出户的庞姨，也许能跟神仙一样不必现身就使得这个镇子幻映出她的身影，也许无须亲临现场就能统领起整条石板老街吧。

后来，我再去庞姨家时，就不再只是为了打苍蝇了，只要觉得无聊了，就去瞎转悠着玩。

有一天我在庞姨家门口，听到有几个长嘴婆娘在谈论庞姨。她们说庞姨曾经有过三任丈夫，全都死了，第一任溺水，第二任生病，第三任是帮人盖房子上梁时从梯子上摔了下来，庞姨有过两个小孩，现在全都不在身边，一个跟着奶奶，一个跟着姥姥。

那个小木匠还是隔三岔五地到后院里来干活，在我看来，差不多从初夏一直干到了中秋。

不明白为什么庞姨家里有这么多的木工活需要干。

有一天，庞姨让我进了屋子，拿出小孩衣服在我身上比比量量的，却也看不出那是给几岁孩子做的。庞姨冷不丁地像是对我说话又像是自言自语："所有女人身上都有一个孔。"我马上问："在哪里？"庞姨没有理会我。那么，她说的那个孔究竟在哪里呢？我百思不得其解。

有一天黄昏，我又去了庞姨家。

已是深秋时节，早就过了霜降，再过不几天，就要立冬了，庞姨院子里的植物全都凋零了，落叶在地上，随风乱跑。

我在前院里没有见到人，后院里也没有了那个小木匠，看来木工活终于干完了。

我擅自进了堂屋，屋里被一种莫名的伤感笼罩着，还有一丝沉闷的腥气。

忽然我看见床前的灰砖地面上，有一块棕黄色的油布，油布上躺着一个很小的东西，身上遮盖了一块破布，破布下面在微微动弹。我终于看明白了，那是一个婴儿。

关于小孩子的"来处"，我妈妈早就对我进行过启蒙了。我被告知世上所有小孩子都是"捡"来的，我父母分别从镇上的锅儿佬山、南河滩以及城里的废弃铁轨上"捡"到了我、我妹妹、我弟弟。

我想问这个小孩是从哪里捡来的，是从南河滩捡的呢还是从城里铁轨上捡的？我还想说，天变冷了，怎么让这么小的娃娃躺在地面上呢？但抬头看到庞姨歪在床上病恹恹地叹气，不愿理会我，我就没有张开口。

过了两天，我妈忽然兴奋地说要办一件大事。

话说距离仲宫镇十八里之外的北井村是我姥姥姥爷家。有一个从那村里出来工作并且与我父母经常来往的人叫张反帝，论说起来他是我的一个堂舅，而张反帝的大哥大嫂——我该叫大舅舅大妗子的——比我妈还大好几岁，当年两人自由恋爱，为了冲破双方家长阻挠，差点儿私奔，后来终于结成了婚，婚后多年也没有小孩。我问我妈："他们怎么捡不到小孩呢？"我妈说："是啊，就是没有捡到呢。"

现在我妈说的大事是什么大事呢？

原来，在我们的单位宿舍大院，住在我家对门的是我的小伙伴小慧慧家，小慧慧的妈妈忽然带来了一个消息，现在仲宫镇老街上有一个刚来到世上没几天的小孩，家里人不想要了，想送人，早就听说北井村我大舅舅大妗子没有孩子，于是特地来向我妈妈通风报信，问问愿不愿要。

于是我妈就联系了北井村，很快村里一辆手扶拖拉机就开到仲宫镇上来了。大妗子坐在车斗子里，右手拎了一袋子白面，左手的手心里似乎攥着什么，露着一个纸角……到了黄昏时分，大妗子怀里已经抱着一个红线毯的蜡烛包了，她抱着小孩坐回到拖拉机上去了。

我妈要送大妗子回北井村，我闹腾着要跟了去，我妈拗不过我，只好允许我也上了拖拉机。

我听到大人在拖拉机突突突突的声音里断断续续地对话，我在旁边听着，拼凑出了一些内容：这个小女孩来到世上四天了，她的妈妈是一个寡妇，一直不肯给她喂奶，如果实在送不出去，她就会被活活地饿死，然后扔到夹皮沟里去喂野狗……

这是秋末冬初的山间，天渐渐黑了下来。

手扶拖拉机歪歪扭扭地行驶在坑坑洼洼的山路上，车灯照着前面一小截路面，照见了土坷垃和石块。冷风吹过来，吹透了山林，满天繁星也散发出了冷意。大妗子一路紧紧地搂着那个小蜡烛包。

突然拖拉机一阵猛烈颠簸，蜡烛包里传出来像小懒猫般的嘤嘤嘤的哭声，大妗子心一下子像被什么揪紧了一样，慌张地俯下去，把脸贴在那个小蜡烛包上……

终于到了北井村村口，远远地看见有人拿着手电筒——仲宫这边的人叫它"手灯"——在村口向这边张望着，原来是张反帝的大哥，即将当爸爸的大舅舅。

我们第二天一大早离开北井村的时候，大舅舅和大妗子告诉我们，他们也是刚刚才看清楚了，那个女孩的左手上竟然长了六根手指头。我认真地察看一番自己的双手，怎么瞅都是每只手上有五个手指头，断无长出第六个来的可能。

我立刻跑去看了。

娃娃的手几乎是透明的，可以看见里面的骨骼与血管，白嫩之中泛着微微的蓝，左边小手上确实长了六个指头，长在小拇指外侧，像树枝在旁边长出来了一个多余的小枝丫，那个小枝丫明显比其他枝丫要短细，却一点儿也不比其他枝丫显得弱小。那第六个小手指跟其他手指一样有骨骼有皮肉，只是没有指甲盖，它有一副随时就要开口说话的表情，它看上去知道一些人们不知道的秘密。

于是我忽然来了灵感，悄悄地挨近那个多余出来的小手指，这个第六指。

我摸了那个多余出来的小指头，向它问道："你认识庞姨吗？"我看见那个小手指头稍稍朝内勾了一下，意思表示肯定，相当于"是的"。

接下来，我又问了一个我自己也不太明白的问题："小木匠干完了木工活，以后还会去庞姨家吗？"这次那个小手指没有朝内勾一下，而是停顿似的原地打了个战，表示了否定的意思，相当于"不"……

忽然一下子当上了妈妈的大妗子并没有奶水，她满村跑着求正在喂奶的妇女来给自己的娃娃喂奶，昨夜就有上门的了，今早又有三个在家门口排队的。看来这个六指女孩将成为大舅舅大妗子的宝贝疙瘩。

我又走在石板老街上，上学去。

一个课间，我满脑子灵感地跑进庞姨家去了。

我发现庞姨家的地上已经没有躺在油布包上的小孩了，家中其他地方也不见小孩的影子。

我问："那个小孩呢？是个女孩吧？左手上长了几个指头？"

庞姨平静地反问我："什么小孩？哪里有小孩？"

真正的冬天来到了。天地变得辽远，辽远到了悲伤。

当我再次路过庞姨家时，发现那个院门已经进不去了，两扇大门紧闭，挂了一只散发着冰冷气息的大铜锁。至于那扇朝向四合院小学细长胡同的高高的后窗，抬头望上去，并不能看出有什么变化，却似乎已经失去了精气神。

从此，我再也没有去过庞姨家。

后来不知怎的，我一次又一次地梦见这那个院子，蓊郁，幽深，阴翳，墙上爬满了各种藤蔓。

2022 年 6 月

悬崖梯子

离开仲宫镇中心，如果沿医院附近那段南河滩，顺河往东去，往上游去，就会来到西郭尔庄村附近河段，继续向东并向上，就是大军区炮兵司令部前面所在地旁边的河段了。

西郭尔庄和简称"炮司"的军营，都是贴崖临河的所在，既紧紧贴靠着北边山崖，同时又紧临着南河。在北边那面山崖上，还修建了一条盘山公路——公路高高地从西郭尔庄的额头上经过，到了炮司那边，那面山崖更倾斜着向了北，于是地势变得相对开阔，公路在经过了缓缓下坡之后，就成了从炮司大门口经过了。

弟弟牛牛寄养的保姆家就在西郭尔庄的最北面，紧贴着悬崖，悬崖就是这家院落的一道天然北院墙。去这家时，直接从盘山公路上过去，如果不愿绕远道下到村里头去走院落大门而进，那就可以直接从盘山公路上面走梯子下去。有一架木头梯子长年固定在悬崖较低缓的一处位置，靠近院落西侧，用粗铁丝勒着，半拴着，贴崖而放。沿梯子下去，就直接到了院落里面。从梯子落地位置往东走，走不了几步，就到了大北屋门口。这个院落的独特结构，让我想到了刚刚学会的一个成语：一夫当关，万夫莫开。

牛牛一到星期六，从早上开始，就老是抬起头来，望望贴崖而立的这架通天的梯子，盼着从云端沿梯子走下人来，接他回自己家去度周末。

保姆春倌的正式姓名叫王福春，她的兄弟分别叫王福宝、王福喜。与保姆一家同院的对门，在院子南边，住着他们本家的另一家，这家有一个小孩叫王福刚，比我弟弟牛牛稍大一些，两个小屁孩经常在一起玩。

春倌姨除了照看我弟弟，还忙活手工刺绣。她有一种双层竹制圆圈，将白布绷着铺开来，里外相合，箍在那个圈里面，而白布上面已经有了内容，是事先用拓蓝纸和深蓝线把某种花型给弄了上去，是用作刺绣比照的简略图，在一种中空针上穿过各种颜色的线，往那绷起来的白布上面一针针地扎下去，拔出来，再扎下去……就这么一直重复着，针线刺破布面的声音"铮——铮——铮——"非常好听。渐渐地，圆形绷布的背面就露出了一些参差不齐的线头，而正面则出现了厚墩墩的花朵，摸上去是滑腻的和满足的。春倌姨这些绣花，专门有人上门来收购，可以拿来卖掉补贴家用。她绣牡丹，绣菊花，绣荷花和鸳鸯。她还送了我们家一幅亲手绣制的枕套，是荷花和鸳鸯的，上面有两只鸳鸯，她指认那只颜色鲜艳的，说是我爸，又指认那只灰不溜秋的，说是我妈。我表示反对，认为她正好弄反了，那只颜色鲜艳的才是我妈，那只灰色栗色相间的，应该是我爸。春倌姨不跟我一般见识："你一个小屁孩，懂什么。"

　　大北屋的后面，就是一个悬崖下的夹古道子，相当于一个窄长的后院。在那里，使劲仰起脸来，可以看到头顶上的盘山公路，还有公路旁边种植的一丛丛蓖麻。在这个屋后悬崖的崖根，往纵深方向挖了几个洞，里面算是安置了家庭养殖业。有一个洞里养着两头瘦小的黑猪，经常跑出来望天，它们跑不了几步，一道铁篱笆把它们圈进了限定区域。有一个洞里养的是鸡，鸡把蛋下在洞中的麦秸丛里，我抢着进去拾鸡蛋，刚下出来的蛋还是温热的。还有一个洞里养了兔子，兔子眼睛全都红红的，像刚刚哭过一样。兔子窝里总是堆着从坡里刚打回来的各种草：苜蓿草、车前草、蒲公英、猫尾草、燕麦草、黑麦草、小麦草、大麦草、鹅肠菜、面条菜，当然有时还会有萝卜缨子。

大北屋东厢房外面的石头台子上摆放着一些花盆，有好几盆都是合香，它们有四棱形的茎，心形叶片上有微微茸毛，叶子味道闻上去有些像薄荷，能开出穗状紫花来。我听见大人在谈论那些合香："破了头，可以用合香叶子炒鸡蛋吃，止血。"可是我什么时候才能让自己头破血流，好吃上合香炒鸡蛋呢？打那以后，我就开始盼着自己磕破头。有一天，春伯姨忽然摘了一些合香叶子，决定做点什么。她把那些叶子弄碎了，把鸡蛋打在里面，放上盐，撒进少许面粉，搅拌了，在小灶上以豆油热锅，将合香鸡蛋面粉糊糊倒进去，平摊着煎，来回翻……很快一盘合香鸡蛋饼就端上了桌。我急于去吃，在吃之前，竟没有忘记去问一个蠢问题："我没破头，也能吃合香炒鸡蛋吗？"大家都笑了，当时我爸妈也在，我们是一起来接我弟弟回家度周末的，我爸指着我说："这孩子逻辑思维有问题。"

大北屋东边那个低矮一些的侧屋是灶火。

灶火里面有土灶和风箱。风箱是一个长方形木箱，跟用砖和土坯垒成的正方形大锅台一般高。一拉风箱，呼嗒呼嗒地响，灶膛里的秫秸柴火什么的就燃烧起来了，蹿起火苗子，渐渐烧成了一截一截的草灰，炉膛上面砌进去的那口大生铁锅就热了起来。我抢着坐下来拉风箱，春偏姨就往那敞口大锅的侧壁上粘贴像鞋底一样的长玉米饼子，贴完饼子之后，再盖上有横把手的特大的木头锅盖。我使劲地拉快快地拉，火就变大变旺，我轻轻地拉缓缓地拉，火就变小变柔和，等到饼子熟了，上面是金黄色，平平的底子上则结出了酥硬的棕色嘎巴。

我还经常跟着春偏姨的弟弟小喜一起在灶火里燎虾蟹来吃。我们俩一起去南河滩摸螃蟹逮虾，我叫他小喜舅舅——其实他只比我大四五岁，是个初中生。我们带着一个网笊篱和一个小铁桶，去了村南边的南河。抓捕螃蟹时，我们一般都是在河底翻动石块，见到了就直接用手抓，或者沿着河岸走，见到了蟹洞，以手探洞来抓。至于那些虾米，大都躲在浅水处那些有泥有草的地方，把网笊篱伸到石头或者浒苔下面去，掀动石块，轻轻晃动着网笊篱，过上一会儿，猛地往上提起，就会看到一些小虾在笊篱的网子里面乱蹦乱跳，还打着挺呢。我们从南河滩回来后，一头扎进灶火里去忙活，把虾蟹放进灶膛内部的边缘，用余火来燎熟了吃，遇热后，原本青灰色的虾蟹一下子就变成了红色，散发出莫名的香气——那香气里除了虾蟹本身细腻肉质的气味，还有河水、石头、泥土、青草的气息。

侧屋灶火再往东一些，是一个大石碾，碾盘上有一个碾砣子——都是溜光水滑的大青石，五谷使得这些石头器物似乎有了刚柔相济的心肠，推那碾砣子的，可以是人，也可是毛驴，碾砣子围着轴心在碾盘上滚啊滚，走了上万里，却仍然待在原地。

我们去西郭尔庄接回了弟弟，让弟弟回到石头大院自己家中度周末。

在我们自己家里，绝大部分时间，弟弟都站立着，被一条裁缝软皮尺从腰间绕拴了，系在三抽桌侧旁的椅子上。他穿着墨绿色灯芯绒儿童款列宁服，开裆的灰黑色方格裤，脚上是布底鞋和尼龙袜。他不怎么纠缠大人，总是那样安静地站在椅子上，拿着笔在纸上专心画画，他永远都在画画。弟弟不说话，坚决不说话，他用画画代替了说话，他可能把想说的全都画出来了，只不过我们没有看懂他究竟画的是什么，想必他自己是知道的吧。

弟弟虽起名叫牛牛，但小牛牛身体很弱，像个赖猫。他有轻度软骨病，得吃鱼肝油。他吃的是"双鲸"牌鱼肝油，一种胶质的球形的小药丸，呈深棕色半透明状。弟弟还有一个毛病，他有疝气，经常"掉蛋"。弟弟的大腿根腹股沟一侧偶尔会鼓起一个像鹌鹑蛋那么大小的包来，像是从其他地方挪移着不小心掉到这个位置来的，并且卡顿在了那里，弟弟会疼得大哭。这时候需要使用外力给他托举一下，让那个鼓包复位。有好几次，大人不在，只有我和弟弟，弟弟忽然疼得大哭起来，我学着大人的做法，将他抱起来，放到床上仰躺着，劈开双腿，在紧邻着他那朝天小鸡鸡的一侧，果然发现了一个多出来的鼓包，我瞅准了，伸出手来，果断有力地向上一推，那个鼓包就被硬推了回去，鼓包不见了，弟弟停止哭泣。

弟弟每星期回来一次，周六晚上从西郭尔庄接回来，周日傍晚再把他送回西郭尔庄去。刚开始送他回去时，他都是乖乖地服从，可是后来，他明白一些事情了，每当星期天吃完晚饭要送他走时，他都撇着嘴哭，不出声地哭，哭得很委屈很可怜，抱他上自行车时，他会鲤鱼打挺，拒绝上车。于是我们改变了策略，吃完晚饭，不马上送他走，要晚一些再送他，等到他已经睡熟了，偷偷地把他送回西郭尔庄去。这样，等弟弟第二天早上一觉睡醒时，又发现自己莫名其妙地在西郭尔庄了，他只好再耐心等待另一个星期六的到来。

晚上送弟弟回西郭尔庄时，爸爸的大金鹿可以坐四个人，爸爸骑着，我坐在前面小座位上，妈妈抱着弟弟坐在后座上。遇到上坡，我们就下来步行，爸爸推着车子往前走。有时候，我们刻意选择全程步行，爸妈轮流交换着推车子抱孩子，我脚不点地，快快地走在大家前面，过一会儿，停下来，回头望着，等等后面的人。

月亮好的晚上，我们一起走在明光光的大月亮地里，我们甚至故意不骑车，好走上一会儿。虽说是晚上，却如同白昼，所见山峦、房屋、桥梁、路面、田畴……皆一片银白，四周有一种静悄悄的温柔，让人不忍心大声说话，担心会破坏了这种安宁。仅有的一丁点儿动静，是微风吹过草木时发出来的轻微的沙沙声，偶尔也会传来一两声狗吠，仿佛在一面亮汪汪的银白色天鹅绒上不小心戳出了一个小洞。

有一次，在把弟弟送下之后，从西郭尔庄往回返时，在盘山公路上，仰起脸来时，从头顶左前方天际，忽然掠过一道拖着尾巴的蓝荧荧的流光，哇，一颗流星！流星划过时，一点儿声音也没有，可我总觉得它发出了"唰"的一声或"隆——"的一声轰响，那响声过于巨大，以至于超出了人类的听觉力，于是就无法听到了。那颗流星划过天幕好久了，我仍然仰着脸，呆呆地望着夜空。我想等下一次再看到流星划过时，我一定要对着流星许一个愿："让我长大了去当一个数学家吧，去研究哥德巴赫猜想，沿着陈景润证明出来的 1+2 那一步，继续往下证明，证明到最后一步 1+1……"

后来，我看见了更奇怪的东西。那两天学校里还在放秋假，我就在西郭尔庄住了两天。那是一个深秋的傍晚，天差不多算是黑下来了，我还跟小喜舅舅在西郭尔庄附近的南河滩上捉螃蟹捞虾米。我们挽着裤脚，站在已经变凉了的河水里，河岸两旁的庄稼都收完了，天地显出辽阔来。小喜舅舅新近发现了一个更好的捉螃蟹的办法，等到天黑下来了，用手电筒照螃蟹，能把螃蟹照傻，趁其发呆时正好可以捉住。忽然，我起身时，看见在并不十分高远的头顶上有一个通体发亮的东西，形状很像两顶草帽对拼在一起之后的形状，它悄无声息地从南边山间飞过来，经过南河滩上空时，恰好把发光的形状倒映在了河水之中，小喜舅舅看见了河中倒影，遂抬头仰望。我既害怕又激动，故作沉着地小声问："看到了吗?"小喜舅舅特意压低嗓子说："看到了。"那个东西一直都默无声息，不急不慢地朝着炮司方向的大北山飞去了，渐渐消失在了黑暗之中。小喜舅舅嘱咐我："今天看到的东西，跟谁也不要提起来。"我答应着："嗯嗯。"可是，我一回到家里，就对我爸妈说了。爸爸很疑惑："难道你们俩在南河滩看到了传说中的飞碟?"我妈直接说我在胡说八道，把做梦当成了看见。我表示一切都是真的，还有小喜舅舅做证。可是过了几天，在又一个星期六接弟弟的傍晚，我妈就这事问起小喜舅舅来，他却不肯承认了，还隔着饭桌狠狠地瞪了我一眼，嫌我不守信用。我不明白小喜舅舅为什么非要对这件千真万确的事情保密不可。

眼看弟弟牛牛已寄养在保姆家两年了，早就会走路了，满地跑，就是不肯说话。我弟弟该不会是个哑巴吧？这不光是我的担忧，也是爸妈的担忧。又过了半年，在大家都着急得快要失去耐心时，已经过了三岁的弟弟，终于开口说话了。当时有个村里的邻居去玩，逗他，问他："你叫什么啊？"当时他正在跟对门的小朋友王福刚一起玩泥巴，他抬起头来，说出了他人生的第一句话，语气清晰而坚定："王福牛。"

消息传来，我们全家欢欣鼓舞：弟弟不是哑巴，他会说话，他说他叫王福牛！看来他不仅会说话，还有着很强的逻辑思维能力，照猫画虎地给自己起了个既能进入西郭尔庄家族谱系同时又可兼顾个人称呼的名字。

这下我们都放心了，只要人没残疾，姓啥叫啥都不重要了。

又过了那么小半年吧，弟弟的保姆春倌，在家绣花绣出了心事，竟结识了一个炮司的解放军战士。那人作为增援加强兵力补充进了南方的昆明军区，参加了新近的对越自卫反击战，凯旋不久，就参加了炮司邻近村庄西郭尔庄的麦收，帮着割了麦子，认识了春倌，才认识了一个月，就彼此以身相许了。我妈这样说春倌姨："她是被那一身军装制服给迷住了。"可是这位军人即将脱掉一身好看的军装，返回老家——邻近省份的乡村——去务农，那里相比我们这个半岛省份，可是穷了太多了。一家人都反对，愁得不行。家里人越反对，春倌姨越坚定，家里人的反对帮助她坚定了信念。终于有一天，听说春倌姨不见了，留了一张纸条，与复员军人私奔了。春倌的妈妈——我和弟弟叫她奶奶——哭得一把鼻涕一把泪，春倌的爸爸——我和弟弟叫他爷爷——一声不吭地抽旱烟袋，把细长烟管那边的小烟锅倒扣过来，往石头上猛磕。

"妈，什么叫私奔？"

"你长大了，千万可别这样背叛你亲爸爸亲妈。"

我立刻表忠心："在这个世界上，谁也比不上我妈妈更亲。"

接下来，父母调动，全家搬离，时空变换，音信渐消。许多年过去了，家里的孩子们渐渐地也都人到中年。前不久，我问起弟弟，是否还记得自己幼时生活过的那个位于省城南部山区西郭尔庄的保姆家的院落。他一上来就否认了，把脑袋摇得像个拨浪鼓，表示完全不记得了，没有任何印象。可是，过了一会儿，他神态迷蒙，愣怔着，仿佛正从一个长长隧道全程穿过，接着，忽然，冒出来一句："好像，我曾经，生活在——一个蛐蛐罐里……"

弟弟这个"蛐蛐罐"的意象使用，吓了我一大跳。可不是嘛，那个几乎位于盘山公路垂直下方同时又紧紧倚贴着山崖的农家院落，封闭在山间凹地之中，通过一架悬崖梯子进进出出，确实很像一个蛐蛐罐啊，而几户人家就生活在罐底。

谁敢说一个人在三岁之前就一定没有任何记忆呢，只不过它们被深深地储存进了潜意识——弗洛伊德的理论了不起。

2022 年 8 月

两 间 半

如今，从济南出发，沿着老胶济铁路线大致方向由西往东去，无论乘坐 K 打头的绿皮车，还是乘坐 D 或 G 打头的动车，都会在运行接近两个小时或者五十几分钟后，看到一簇簇露天分布着的巨大的化工机械装置，有那么一两支火炬永不止熄，铅灰色的油罐和各种型号管道高低错落，据说在地下还有输油管连接着海边的大油田……这是一座由五十多个分厂和分部组成的特大型中央直属企业，坐落在鲁中平原上，南北向，东西向，各自绵延了二十公里。

在这一大片区域，有那么一段胶济线铁轨，恰好与这个企业所属的某个公寓式生活小区紧紧相挨，火车几乎是擦着楼房的肩膀和额头在运行。每当乘坐火车经过这个地段，我都会提前提醒自己，准备将目光北望，尽可能地把脸贴上车窗望出去，隔着一大片树篱，透过缝隙，去瞅最前排的楼房，搜寻某幢楼最西边单元的三楼窗口和凉台，离得挺近的，有时可辨别出窗帘的花色以及晾晒衣裳的款式。

那是一幢建于 20 世纪 70 年代末期的总共四层的单元楼，尽管后来的外部包裹和外层粉刷遮挡了它原先的青灰色水泥以及时光老旧之感，我还是能够找出它来。我看见了那个窗口那个凉台。"两间半！"我在心里说。

那是 1980 年的窗口和凉台。

是的，有一个正在上小学四年级或五年级的小姑娘，倚着凉台水泥栏杆，正向着车窗里的我挥手，她的脖子上用粗线绳拴挂着一枚家中房门钥匙。我们认出了彼此，就这样，在速度里，隔着一闪而过的火车窗玻璃，童年的我和中年的我，打了个招呼。至于紧挨凉台的东边窗户，似乎有一个四五岁小男孩趴在那里，当火车开过来时，楼房共振摇晃，大地悸动，他立刻踩着床，爬到窗前来，眼睛一眨不眨地盯着正在驰过的火车，手里拿着笔和纸，画火车，他每天都在画火车，没完没了地画……他是我弟弟。

1980 年的年初，我们全家五口人，住进了新房，我们平生第一次住楼房。

在这套房子里，除了卫生间、厨房、门厅和凉台，两个朝阳的大屋被当作两个整间，算作"两间屋"，而那个面积小一些的背阴的屋子则只被算作"半间屋"，合起来正好是"两间半"——当时这套房子的户型有一个专门名称，就叫"两间半"，没错，并无"三室一厅"的叫法，官方正式叫法和图纸正式命名就是"两间半"。同理，一梯三户，我们家对门，户型叫"两间"，中间那家户型叫"一间半"，内部情形大致可知。在我们"两间半"的家里，那"两间屋"，一间屋住着爸爸和妈妈，另一间屋住着同样在上小学的妹妹和正上幼儿园的弟弟，至于那个"半间屋"，则由我这个小学高年级学生一人居住。

根据当时政策，既要考虑家中人口数量，又要考虑给父亲落实待遇，综合各项指标，最终公家打算分给我们家两套房子，分别位于同一单元里的三楼和四楼，而父母商量了一下，以一家人分处在不同楼层不方便管理孩子为由，拒绝了四楼那一套房，只要了三楼的这一套。我爸爸是这么说的："管理三个孩子，等于使用两只手，将三个球不断地往空中抛扔并接住，必须眼疾手快地交换倒替，绝不能让任何一个球掉到地上……"

银灰色凹槽式壁挂暖气片里传出咕噜咕噜的声响，里面正在进行集中供暖的水循环。收音机里在放"每周一歌"，我妈妈一边擦着木头窗棂上的玻璃，一边跟着收音机唱起来："你的身影，你的歌声，永远印在我的心中，昨天虽已消逝，分别难相逢，怎能忘记，你的一片深情……"过了一会儿，她又换了一首歌来唱，是电影《小花》里的插曲："世上有朵美丽的花，那是青春吐芳华，铮铮硬骨绽花开，滴滴鲜血染红它，啊……绒花，绒花……啊……"爸爸正在用一只火钩子对付一只生猪头，空气中有动物皮毛被烧着的淡淡的焦煳气味——那是我们家唯一的一次自己把生猪头肉煮熟了来吃，父母新调来的这个单位，在下发的年货里，竟然有一整只的生猪头。爸爸终于把那只猪头放到了厨房的水泥灶台上，那里安放着煤气灶，旁边连接着一只——内部价格每罐六毛钱的——液化石油气罐。我一直疑心，我父母正是为了这份六毛钱一罐的液化气的福利，才下定决心从省城调到这个企业来的。

我的个头比那个厨房灶台高不了多少，妹妹则比我还要矮一块，可是，在父母下班之前，早早放学回家的我们两个人踩着小板凳，可以在那灶台子上忙活，用一只两层两屉的大钢精锅，把一大锅大白馒头给蒸出来。有一次我产生偷懒的想法，懒得在面板上一个一个地揉馒头，于是想出个聪明办法，直接将一大盆发酵好了的巨大面团倒进锅里去了，堆放在铺了绒布的算子上，还没忘了用竹筷子把面团给戳上一个个的孔，让锅底热气能传递上来……这样蒸熟了，再用手掰着或用刀切了，不是同样可以吃吗？我妈下班后，看了我蒸出来的那只巨型馒头，说："以后不许再这么干了！"

家里雇来了木工，忙了一些时日，打制了两个胖墩墩的单人沙发以及与其相配的橱柜和茶几。接下来，牡丹花色的茶盘和玻璃花瓶摆了上去，"半块砖"录音机也摆上了，都放在橱柜之上，而两个瓷质的熊猫形状干粉灭火器则置于茶几，左右各一，像两个卫士。

爸妈虽然都在教育部门工作，但也跟着归属企业一起定期发放各种"劳保"：瓜皮棉袄、棕色翻毛皮鞋、帽子、手套、洗衣粉、肥皂……除此之外，秋天会发成筐的国光苹果，夏天会发放冰糕票，另外还发放那种可以直接领购鱼类和排骨的副食品票……用这里内部人士的话来讲，就是除了孩子得自己生，其他的全都由公家发。夏天发放的二三百只冰糕票基本上够我们三个小孩吃了，都是这个企业下属的各厂自己制作的冰糕，我和妹妹会拎着专用的冰糕桶去领冰糕，有牛奶的，有豆沙的，无比纯正，比外面社会市场上的冰糕要好吃太多太多。

春天时，我在新家的凉台上围池造田，种上两株一串红和一株灯笼椒，父母对我在公寓楼里大兴土木的行为睁一只眼闭一只眼。冬天来了，妈妈在温暖的屋子里养起了蒜苗和白菜疙瘩，很快，蒜苗就绿绿的了，白菜疙瘩开出了簇簇小黄花儿。我种的花和菜，妈妈养的苗和花，它们全都用枝叶花瓣在说：这是多么好的一个家啊。

我在家里坚持说济南话，而一出家门，就说那种带着东北味的普通话——这可谓这个石油化工系统的专属腔调，这里的人来自五湖四海，而一旦到了这里，全都改说这同一种腔调了，这个腔调与这个省份无关，更与这个鲁中城市无关。这里有自己内部相对独立的交通体系、商业体系、公安体系、医疗卫生体系、新闻体系，还有自己的教育体系，有十几所小学和中学，甚至还有一所大专院校。这里的人一出门办事，一般都是直接去了北京，有一部分人则得去日本——这里使用着全世界最先进的整套日本进口设备。这里的人有一种封闭而自足的优越感，除非是那种实在找不着对象的"困难户"，人们一般不会与本系统之外的土著人士通婚。

住进"两间半"之后不久，一部转盘拨号式电话机安装在了我的"半间屋"。为了防尘，机子上蒙着一块镂空的绣花薄手巾。这个电话机只是一个象征，象征着我爸爸被单位高度重视了，在我记忆里，它几乎从来不响。如果只有你家里安装了电话，别人家都没有安装电话，那么你家里的电话铃就永远不会响起，你家实际上等于并没有电话。当然，也不能说这个电话机完全没有被使用过，我妈有那两三次通过单位总机拨转，往我姥爷家那个遥远偏僻的村子里打过长途。村委会那台黑色手摇电话机被拨通了，村委会值班的人让我们在这边电话机旁等着，不要扣，然后他就去村里四处寻找我姥爷来听长途电话。后来，有一天，终于听说另一个跟我比较要好的同班女同学家里也安装了这种通过单位总机转接的内线电话，于是，放学后，我偶尔会给她打打电话，讨论一下家庭作业。同学的爸爸毕业于清华大学原子核物理系，由于不想去酒泉卫星发射基地，就辗转来到了这里，在某个下属工厂里当车间主任。

在我的"半间屋"里，一份份《中国少年报》被整整齐齐地叠起并用一个大夹子夹着，与三抽桌高度平齐，挂在旁边墙壁的钉子上。这份报纸是我自己从学校里订阅的。有一天下午自习课，班主任走进教室，问大家："想订阅《中国少年报》的，请举手。"全班同学几乎全都齐刷刷地举起了手，而且比赛谁比谁举得更高，老师环顾全班，三秒钟后定睛在我身上，点了我的名字，允许我订阅，让第二天带钱来学校交上……不晓得为什么只有一份订阅名额，更不晓得老师为何就毫不犹豫地指定了我，而没有指定准备跳级的"神童"，反正我高兴无比，其他同学也没有反抗。教学楼的背面有一个游泳池，正面则是一个大操场，从教室四楼窗口望出去，可以看见操场西头那间当作放映室的小屋子，侧墙上挂了一块小黑板，预告着将要放映的露天电影，我记得有一天写的是《归心似箭》，还有一天写的是《待到满山红叶时》；在操场东头，在路边，有一个卖地瓜糖的老太太，地瓜糖每根是一个长条，每条上面又都有切印，将一条划分成十个小格子，若成条来卖，每条一毛钱；掰开来卖，一分钱一格。下课时我常跑过去买来吃，深棕色地瓜糖有丝丝苦甜之味，清醇悠远……这个校园并没有围墙，只是被高大的白杨树围绕着，把树当了围墙，从树枝缝隙里可以望见通往远处的小路，路面上全是阳光。

我爸爸在单位里帮我订阅了江苏少年儿童出版社的《少年文艺》双月刊，每次新刊到达，都是大喜的日子。1980 年第三期上，刊登了小说《阿兔》，作者署名"赛波"，紧接着在第四期又刊登了一篇小说《小船，小船》，作者署名"黄蓓佳"……后来我才知道，"赛波"其实也是黄蓓佳，是她的一个笔名。这两篇作品在清新中透着忧郁，给我留下了极深的印象，我决定修改我那想当陈景润的理想，立志长大了要当一个作家。

我父母还用单位给的"订阅费"福利订阅了适合成人阅读的期刊，有《人民文学》《山东文艺》《连环画报》，还有一本合肥文联办的《希望》文学月刊——那时我当然并不知道，在九年以后，我的小说处女作就发表在了这个杂志上，其实我之所以把小说投给这个杂志，很大程度上是由于在我很小的时候，在家里经常看见它。

爸妈床头上总是放着小说，大都是从单位图书馆借来的，有《茶花女》，有《野火春风斗古城》《钢铁是怎样炼成的》《这里的黎明静悄悄》，当然也有自己买来的刚出版的新书，比如，《老舍文集》，比如，三卷本的《飘》。《飘》的封面是镶嵌在一起的黑绿两色图案，占据整版封皮，打眼看上去似乎两缕风或者两枚树叶，定睛看去，则又像挨在一起的一男一女两张人脸。"你才多么大一丁点儿的人，就胆敢看这种小孩子不该看的书！"为了惩戒我并让我牢记，我爸逼我当场将那三本《飘》全都撕碎了并逼着我亲自去垃圾箱将它们倒掉，我边哭边撕，边撕边哭，把书横着撕，竖着撕，最后又在自己充满抗议的号啕之中，搬着一簸箕破碎的纸，去楼梯拐角处找垃圾箱……这就是发生在我们家的"焚书坑儒"事件。

　　不写作业的时候，我就在半间屋里自编一份文学杂志《文学少年》，我集主编、编辑、美编、作者于一身，用订书机把剪裁好的小 24 开白纸从侧面竖着装订成册，开始在里面摆弄文字和图画，有时用蜡笔上彩……"你长大了要当个编辑？还是算了吧，那不过是清水衙门！"我爸爸说，"你记着，学好数理化，走遍天下都不怕！"

　　"你要好好读书，长大了可不能当'待业青年'！"我天天被大人们这样教育着。一提"待业青年"，我就想起楼下那家的二十出头的女儿"小吴子"来，"小吴子"什么也不干，一天到晚打扮得花里胡哨，到外面去跟不知什么人鬼混，大家说起她时，全都讳莫如深，闪烁其词。这个女青年是我们那幢楼乃至整个生活小区的坏典型，是家长们为了鼓励孩子用功读书而常常提起来的反面教材。"待业青年"是一个很可怕的词语，它在人们心目中的实际意思，并不像它的字面上那么温和，表示正在等待着就业，现在暂时没有工作而将来要去工作，它的意思其实就是指几乎不会再有正经工作了，懒懒散散地在社会上混日子，穿着喇叭裤和蝙蝠衫，戴着蛤蟆镜，拎着录音机，听着靡靡之音，生活作风不检点……总之是一类被社会边缘化了的人，是社会不安定因素。

这年年底，电视上开始播放日本动画片《铁臂阿童木》了。于是，每天晚饭后，我们姐弟仨就搬着小马扎去同单元一楼西户大老韩家去看电视。大老韩是这里某个下属厂区的管道技工，老婆在废品收购站工作，他们靠吃咸菜，攒下钱来，买了本单元甚至本楼第一台黑白电视机。大老韩家的房门永远敞开着，门廊地板上的大铁盆里总是堆放着正在拾掇清洗的猪下货，他家随时欢迎生活区里所有小孩去他家看电视，大家当然也就不客气啦。"越过寥廓天空，啦啦啦，飞向遥远星群，来吧，阿童木，爱科学的好少年……"片头音乐一响起，我的心就激动得怦怦怦，要跳出来。

这年年底，有一个叫刘倩倩的中国大陆小男孩，在联合国教科文组织举办的诗歌大赛中获得金奖，他获奖的那首诗《你别问这是为什么》登在了《中国少年报》上。那首诗大意是，这个小男孩，这也不吃，那也不穿，这也不玩，那也不用，只是为了全都省下来，送给安徒生童话里那个卖火柴的小姐姐。我从这首诗里学习了一种"你别问这是为什么"的思维和语调，在作文里动不动也来上一段类似调调的文字。

我父母偶尔会一起犯迷糊，把房门钥匙落在家里，假如我的钥匙恰好也没有挂在脖子上，那一家人就进不了家了。有一天晚上，看完露天电影《苦恼人的笑》归来，发现谁也没带钥匙，进不去家，于是找大老韩帮忙，作为管道技工的大老韩竟还有飞檐走壁的本领，他把自己挂在夜晚的楼面后墙上，从四楼那家卫生间小窗户出溜进了三楼我家卫生间小窗户……但是接下来，还有一次，是中午，全家又都忘了带钥匙，而大老韩出差去了，没法帮忙，于是，大人们不得不商量出一个大胆的方案，决定用绳子把一个人的腰部圈拴起来，拽着绳子，把人放到四楼那家凉台的外面去，一点点地把绳子往下续放，一直把人续放到三楼我家凉台上……妹妹弟弟还小，办不成事，而考虑到成年人身体太重并且过大，不够灵巧，于是这个伟大使命只能交给我了。我妈问我："孩子，你行吗？"我尽管紧张得浑身瘫软，还是咬着牙，点了点头。就这样，我被悬挂在了半空中，整幢楼上的各家凉台是上下齐平的，犹如一面直上直下的悬崖，我双腿发抖，脚心出汗，这时旁边正有一列火车飞驰而过，汽笛长鸣，我背对铁道，却尚能通过车轮轧过铁轨时的节奏来分辨出驶过的是一列绿皮客车，车厢里的人透过车窗，一定看见了一个小女孩正悬挂在半空中，只靠一根细绳索拴系着性命。就这样，临着万丈深渊，我扮成一个杂技演员，从四楼下滑到了三楼自家那个没有封起的露天阳台，身体被凉台上的晾衣铁丝给绊了一下，双脚挣扎着，蹬着凉台水泥栏杆的边沿，缓缓地进入了家中。我在半空中想，妈妈生了三个小孩，即使我这次没命了，她还是既有儿又有女。

那是 1980 年，那是一个晚秋的晌午。

当时，种在凉台上的一串红还在用最后的气力开放着，灯笼椒枝头结着三只大大的果实，正等着去炒鸡蛋。

那个女孩在长大。

多年以后，有一天她读到了布罗茨基的散文《一个半房间》，吃了一惊，中文译成了"一个半房间"，其实，他写的就是"一间半"！原来苏联时代的集体公寓竟也存在着类似的称呼，跟她小时候住过的"两间半"的空间解读是一模一样的，那大约是计划经济分配方式中的一种典型叫法吧。

四十年过去了，她乘坐着火车，又路过此地，把鼻尖贴在车窗玻璃上，看见了那个早已搬离易主的"两间半"的旧家。她又看见了那个凉台，看见了那个挂在半空中的自己，只有三十公斤的体重，悬在空中，飘在风里。

2023 年 6 月 24 日

董时先生

他用毛笔小楷在宣纸上手写全部书稿，同时也能熟练地使用iPad。他保存着心爱的青色布衣长衫，只在他认为隆重的时刻才穿，同时他又一直为今生没有去过美国而遗憾。他开口孔子闭口孔子，任职过儒学研究所，一口咬定中华文明必将复兴，同时在书橱玻璃门框最显眼之处，粘贴着奥巴马、昂山素季、木心的照片——跟孔子画像并列在一起。

这个从民国而来的人，在离开世界之前，决定将自己的遗体捐献给现代医学——"为人类做最后的贡献"，这个不肯被任何既定概念来定义的自由的射手座人士，穿过整整八十六年的风雨，不辞而别。

他走了，跟着孔子周游列国去了。

这个人，就是我的济南大学同事董时先生。

我不想在这篇文章里用"学高人之师，身正人之范"的主题思想来歌颂董时先生，因为真正符合这句话的人，可能从来都不把这句话挂在嘴上并张贴在门楣上。同时，我也绝不想把这篇纪念董时先生的文章写成"死后为大"语调的模板悼文，如果我写些"呜呼董老师！你生而为英，死而为灵"的套话，董老师在天上一定会皱起眉头来："路也现在也变成这样了，从哪儿学的?"

董老师没有显赫的名声，他只是一个教书匠，退下来之后，仍读书写书。他几乎从来不出校园，不参加任何社交活动，他不是上了年纪之后才变成这样的，他是从年轻时代起就一直这样，这样过来的。我认为这跟他自幼就身体羸弱有关，也跟天性有关，提及这一点，董老师却有自己的标准答案，他说话一向直来直去，顾不得政治正确，直截了当地说："我不喜欢社会！"

董老师是以副教授职称退休的，其实他的实际水平比很多正教授退休的同龄人要高，高得多。他说过一句即使不会得罪天下人，至少也会让很多人感到不舒服的话，他在校园图书馆前面对我说了这句话时，我听了哈哈大笑，却又故作姿态地看了看四周，把手指放在嘴巴上："嘘——你小声点啊，让人听到，不好！"不料我的阻止竟成了从反面进行鼓励，使他放大了音量，像《皇帝的新装》里那个小孩一样，一脸懵懂地，又把那句话给重复了一遍："副教授＋不要脸＝正教授。"我再次哈哈大笑，笑得差点儿在地上打滚——我声明：我个人并不同意董老师这句话，但我尊重他说话的权利。我了解董老师，他说出这样的话，绝不是使性子，也不是在计较，更不是为自己申辩——董老师真心认为并多次公开表示过副教授已经足够。他在天性上属于乐天派，安之若素，从来不是祥林嫂。使他说出这等怪话的动机，我分析：一、压根就没有动机，他这个人从来都喜欢说怪话，一向以爱说怪话而著称，不说怪话的董时就不叫董时了。中国历史上不是有"竹林七贤"吗，现在也有啊，只不过没有攒成七个相聚在竹林下，而是各自独来独往着，徜徉在白杨树或法桐树下呢。二、如果有所谓动机，也只是董老师把在大学里任教这个行当看得过于神圣了，把学术的纯粹性看得太重要了，看不惯周围把学术当营生来混、当买卖来投机、当红薯来刨的现状而已——清者自清，浊者自浊，如果这句怪话不小心打翻了一船人或者半船人，那也不关人家董老师什么事，那也是船上人自己的事。

　　我扎着两条麻花辫子来济南大学工作的时候，董老师马上就要退休了。那时候的济大，跟现在的济大不是一个概念，还只是院校合并之前的那个位于舜耕路的老济大，还没有像后来那样跟山东建材学院合并成新济大，成为其中的一个校区。那时候，我还没有像后来那样搬进校内来住，每次遇见董老师，基本上都是在每周四下午开例会的时候。文史楼四楼的一间大屋子被当成中文系会议室，每个教研室围绕两三张三抽桌就座，形成各自的一簇小圈圈，这样大屋里就有了六七个小圈圈。那时董老师在文艺理论教研室，教文学概论，他那个靠窗的小圈圈紧挨着我所在的那个靠墙的教研室小圈圈。董老师迎面走来时，常常无须任何铺垫，直接开口对我说："路也，你是属于人类的，诗人是属于人类的。"这句话，在后来的日子里，董老师一次又一次地对我重复，重复过无数遍。是的，他很喜欢用"人类"这个词，他总是寻找机会把"人类"这个词给用上。

开例会时我有一个拆信的习惯，把积攒了至少一个星期的信件，集中放在桌子上，一起拆。有一天我拆到了两本《草原》文学杂志样刊，上面刊登了我的一组诗，董老师走过来时，看见了，顺便向我讨要了一本去看，待会议结束时，他把杂志还给我，我发现在我那组诗的题头上方出现了用蓝色圆珠笔写下的眉批，就一个字，这个字后面还跟了一个感叹号："做!"其实我自己对那组诗也不太满意，但是，哪有这样的人啊，主动把人家的杂志要过去看，不经允许就在上面乱写乱画，还使用如此刺激的字眼来进行评价，简直近乎挑衅啊。我决定不理睬，嘻嘻哈哈了事。我这个人有一个优点，就是对事物怀有敏锐的感受力的同时，又能拥有着强大的钝感力，有些二皮脸，可以张开翅膀从不愉快的小事上飞过去，靠着超越性来保持平衡以及快乐，这究竟源自内心的强悍还是出于得过且过的性格，我不知道。后来在与董老师有了更多交往以后，发现其实他也如此表现，在这方面，我们应该属于同一类型的人，这是所有射手座的特征吧。还有那么一天下午，也是开例会，不知是哪个脑残人士起草了一份荒唐文件，由总务处下发到各系，供开会时给大家宣读。这是一份什么文件呢？文件规定了不同职称不同行政级别的职工在死后应该享有的各种丧葬待遇，通篇都非常详细和具体，什么级别的人会派几辆车，什么级别的人会有几位什么级别的领导参加追悼会，甚至如何进行新闻报道……就这样，一屋子活人坐在那里认真听取关于自己死后享受待遇的细则。文件篇幅有些长，还没有念完呢，忽然有一个人站了起来，站到屋子中央，用坚定而清晰的声音打断了文件宣读："我现在郑重宣布，在我死后，不需要派任何车辆，不需要任何人出席我的葬礼。"是董时老师！他的声音回荡在会议室里，字字千钧。只见他说完话，把脖子上的灰色围巾往后一甩，昂然退出会场，他拉开门走出会议室时，明显地兜起了一阵风。满屋子的人都愣住了，然后哄笑。身形瘦削的董老师迈出会议室那一刹那，意气风发，慷慨决绝，竟使我脑海里浮现出了在中学语文课本上读过的那段描写闻一多的文字："前脚跨出大门，后脚就不准备再跨进大门。"唉，如此名士风度，在当今，几近绝矣。

以上两个与董老师相关联的会议室场景，一直留在我的脑海里，都是发生在 20 世纪 90 年代中前期吧。已经是那么遥远的事情了，怎么会已经那么遥远？然而，却仿佛就在眼前。

二十多岁的时候，由于不通人情世故，我遇到了挫折，吃了一个不大不小的亏。据说董老师为此专门跑到系领导办公室里去，拍了某位领导的桌子："你们这样对待小路，是不对的!"据说那位领导也不示弱，跟董老师针尖对麦芒地吵了起来。董老师自己从来没有对我说起过这件事。好几年过去了，一个偶然的机会，竟由那位被拍桌子的领导以控诉董老师的方式，亲口讲给我听了。当时那位领导主要是想通过举例来说明董老师这个人不懂事，当然那位领导也曾经多次指责过我不懂事。看来，按照某种分类方法，这世界上的人可以分成两种：

懂事的人和不懂事的人。如今，这两位老先生——一位据说是懂事的，一位据说是不懂事的——都已经作古，现在，嗯，由我这个还活着的不懂事的人提起他们，在此，一并表达怀念之情吧。

董老师退休之后又被返聘，任职并负责学校的儒学研究所，并曾经出访台湾。20世纪90年代中期，两岸还没有正式开通各种学术访问的时候，去一趟台湾，手续比出国还要麻烦，麻烦得多，还属于非常稀罕的事情。那时候海峡两岸没有直航，董老师往返都是坐了火车又坐轮船，周折辗转，很不容易，但他非常兴奋，多次表示自己何其幸运。董老师从台湾归来，带回一件别人赠送他的青色布衣长衫，就是鲁迅先生穿的那种。那次去台湾，进行了国学交流，并追寻了李炳南的踪迹，而李的孙女当时正在济大就读并且后来留校了。打那以后，董老师每每谈起那次台湾之行，都眉飞色舞，他把那件长衫一直珍藏着。有一次听说我和闺密佘小杰要去他家玩，我们敲门，门打开后，只见瘦弱清癯的董老师竟特意穿上了那一袭青色布衣长衫，立在门口，伸手做出"请——"的动作，迎接我们……嗯，这真的很民国啊。董老师生活很自律，按部就班地生活，起床、沏茶、侍弄花草、听昆曲、读书查资料、写作、吃清雅简单的饭食……董老师崇尚古典，却没有冬烘气，他听风声雨声，关心天下之事，书房有些堆砌和散乱，体现着主人自由的心境以及活泼泼的气息。他用紫砂陶壶泡了茶，拿出精致的小点心，招待我们。我们俩不停地吃喝，董老师对着我和佘小杰直摇头："太胖了，你们都太胖了。"说我胖倒也罢了，佘小杰以瘦而著称，若她都被嫌胖，那天下就没有瘦子了，所以我们一致认为董老师审美标准出了问题，但董老师不依不饶："你们就是太胖了！"除了喝茶吃小点心，董老师还放了一段昆曲给我们听，我听得呆头呆脑的，完全不辨好歹，佘小杰是否听出了什么奥妙，我没好意思问她。董老师是每天都必须得听上那么一阵子昆曲的。董老师这个雅人，曾经多次试图跟我这个粗人聊聊昆曲，而我总是表现得目光呆滞，还直率地告诉他："我平时什么音乐也不听。偶尔听，也是听听金属摇滚。"据说，打那以后，董老师只要跟其他人谈论起昆曲来，总得穿插进这么一句话："可惜路也不喜欢昆曲，可惜了。"我能想象出董老师说这话时的表情和语调，活脱脱地就在眼前，表达他自己喜欢昆曲并不是重点，惋惜路也不喜欢昆曲才是重点。

待董老师完完全全从学校岗位退下来之后，有那么一阵子他挺热衷旅游。他的旅游，从来不带家属，从来不邀约朋友，而是独自一人出行。时间似乎是在20世纪90年代末或者21世纪初吧，那时候旅游的人还不太多，坐飞机的人也不太多，而董老师走在了时代前列，坐着飞机去旅游。据说他好几次坐飞机，去的都不是济南东郊那个常用的大型的遥墙机场，而是去了市区西边那个很小的张庄机场，那其实是一个军用机场，也有少量客机起降。那时候我还没有坐过飞机呢，说董老师"你胆子真大，在天上安全吗?"董老师说："解放军开飞机，还能不安全吗?"后来，董老师自己曝光了平生第一次坐飞机的细节，他上飞机前，是写好了遗嘱的，等到平安归来，遗嘱没用上。他那说话的口气，似乎还带着董氏特有的遗憾。

我和董老师召开过无数次"路边会议"，或者叫"马路牙子会议"。常常在校园里或者校园附近的菜市遇见董老师，每次半路遇见，都得聊上好长时间，总不能横在道路中央交谈吧，那样会影响行人和交通，于是就挪到路边来说话。有一阵子，董老师需要自己出门采购，太太比他小七岁，瘫痪在床，儿女忙工作，在雇保姆之前，很多事情得自己来做。"她比我小七岁，原以为将来有一天，指望她来照顾我，可现在我已经照顾了她七年了。"董老师在叙说原本艰难的家事时，他的表情看上去却并不艰难，而是自嘲的甚至是有趣的。在他七十多岁时，有好几次，我下楼买早餐时会遇见他，大清早的，他见面不说早上好，而是劈头盖脸地来上这么几句："你说，我怎么还活着呢……人到了该死的时候，却不死，这是不对的……"我听了，马上皱眉头反驳："董老师，大清早的，刚一出门，你就开口死、闭口死的，不吉利啊。"但是过了八十岁以后，路上遇见他，再也没有听到他说起这种奇谈怪论。董老师对于寿命的困惑，也是有原因的。据说，他小时候身体极弱，被医生宣布是活不长的，十几岁时，不知道自己能否活过二十岁，后来不但成功地活过了二十岁，甚至还一口气活到了四十岁，完全超标，吓了自己一大跳，再到后来，竟奔六十而去了，接下来，又奔七十再奔八十，所以董老师用凡尔赛方式来表达一下对生命的感激，也是可以理解的。董老师还曾经多次念叨起他年轻时代的女友，后来对方去了香港，于是双方失联……而自从过了八十岁，他就再也不提这档子事了。当然，更多时候，是谈论一些别的，忽然来一句："山东真是一个好地方，四季分明，什么水果都有……"我马上不客气地回答："我怎么从来没觉得好呢？"有时候，董老师会跟我谈起我那车祸去世的父亲，他们俩并不相识，但毕业于同一所大学并同时在校过几年，不同系，董老师是调干生，我爸爸是应届生，两人相差十岁，"我一定见过你爸爸，中文系和数学系离得不远，那时候人又少……我要是早些认识他，他就不会发生后来的事情了……"还有一段时间，他在路上见面就跟我谈董桥散文。又有一阵子，他跟我大谈木心。这样的路边交谈，从来不需要寒暄和铺叙，总是直接进入主题，手里拎着白菜和豆腐，一上来就说"李炳南认为……"，或者"陈丹青有一篇文章……"，或者"孔子是世界的……"。反正，董老师只要在路上遇见我，便远远地注目并立即停下脚步，那样子很像车辆遇见了红灯。每当这时候，我就知道将要开路边会议或马路牙子会议了，暂时不要去想买菜的事和回家吃饭的事吧。跟董老师谈话毕竟还是愉快的。当然，对于像我这样每天活得像救火车一样的人，难免会偶尔流露出些许急躁和不耐来，董老师却并不怪罪我。

作为一个在十七八岁时曾经手抄过《论语》和《美的历程》全书的人，我在三十六七岁时，竟仿佛发生了基因突变，开始一路向西了，从专注于西方文学转向专注于西方哲学和宗教。大约 2015 年前后吧，我跟董老师时常在电话里探讨东西方文化问题，与其说是探讨，倒不如说是争执。我在这边谈康德谈加尔文，他在那边谈

《论语》，我摆出一副不可调和的态度，而那边则认为九九归原和九九归一。在一个自由宽松的氛围里，我好辩的本色就露出来了，会变得寸土不让，无视长幼尊卑。我很喜欢鲁迅先生《论雷峰塔的倒掉》这个文章标题，恨不得以"论……的倒掉"为题目试做上一系列的文章，而董老师呢，只是在气势上貌似比我温和谦让，实际上他却从来不曾让过步，所以这样的电话辩论会，几乎每次都是1∶1，打个平手。有一次我用轻慢的口吻谈及当下儒学热，同时调侃董老师还很赶潮流呢，董老师在电话那边义正词严："你说的是流行儒学和庸俗儒学，跟我所研究的这个儒学，不是一回事!"有一年，轮到了我去台湾，临行前，董老师又回忆了一番20世纪90年代中期他那次美好的台湾之行，然后嘱咐我如果看到有价值的孔子研究方面的书，就帮他买两本。我不负重托，果然扛着两本竖版繁体的大厚书跨过海峡，带了回来，作者是某个大名鼎鼎的人物，不料董老师一看到封面上的作者名字，就不高兴了："你怎么买这个人的书给我看？这是个学术混子，你拿他的书送我，是污辱我!路也，我高看你了!"就是这样，那次台湾买书，我既没有功劳也没有苦劳，还挨了埋怨，并被斥责水平低下。

2016年春天我去美国访学之前，必须把我那身体不好的妈妈送往外地市弟弟妹妹家去住上几个月，同时还得把我妈养的那些花花草草托付给一个可靠之人来管理。想来想去，似乎只有一个人，可以胆敢去麻烦一下，这个人就是董老师。去机场之前，我顶着麻杆子雨，往董老师家搬运着花盆。想起又要一个人走那么远，飞那么久，心中茫然，而花盆沉重，道路湿滑，令我躁狂。董老师家的凉台如花房，连通着书房，我把自家花草跟董老师养的花草放置在了一起。董老师说："我如果不是太老了，也会去美国看看的，人应该去美国看看。"其时董老师孙女正在美国留学，同时他还有一个堂姐在美国，尚在世。我放下花草就走了，没有多聊，连滚带爬地去了机场。从美国归来时，已是盛夏，我去董老师家搬回花盆时，吓了一跳，花草们的冠幅全都比以前长出来了一大截，简直都称得上"葳蕤"了，可见这些寄人篱下的花草享受的是直系嫡系的待遇。待董老师去世之后，我偶尔会路过那个二楼凉台下面，似乎还能感觉到董老师正在那凉台上种花植草。不知道现在那些花草都怎么样了，当花儿们开放时，就是在怀念那离去的主人吧。

据说董老师在八十周岁的时候去医院进行过一次全面体检，身体什么毛病也没有，甚至连做心脏 CT 都显示着心血管完全畅通无阻，于是，医生下了一个有些幽默的结论：你是一个健康的老人。很多年来，不知出于养生还是其他原因，董老师只吃清蒸菜蔬和谷物，不食油腻。董老师在日常生活上早就身体力行着极简主义了，不是年纪大了才这样，而是从年轻到年老一直都是这样的。有的人，心性超越，能把家徒四壁过出荣华富贵的感觉来。同事于瑞桓有一阵子住在校外而天天来学校坐班，董老师每次遇见她，都邀请她去他家里吃中午饭，盛情难却，有一天终于去了，去了之后才发现，董老师家里几乎什么吃的东西都没有啊，这是想让大家做无米之炊，于是，于瑞桓临时从董老师家中角落搜寻到了几块西瓜皮，把西瓜皮削皮切片，用西瓜皮做了两道菜，一个西瓜皮炒鸡蛋，一个西瓜皮汤，董老师用特有的董氏语言点评："于瑞桓行啊，行，行……"如今，讲起这件事来，怎么有点像《世说新语》里面的故事呢。

就这样，靠着植物提供的能量，在晚年，董老师写作一本关于孔子的大书。为了更好地写这本书，在视野上进一步有所拓展，他还向我借阅过《卡尔·雅斯贝斯文集》去研读，以便更好地了解那个"轴心时代"理论。我借出那本书时，特别嘱咐了一句"这本书，已经难以买到了，看完了，要还给我"。董老师马上说："肯定还的，放心好了，别那么小气。"这本关于孔子的专著，是董老师以毛笔小楷认认真真地书写在宣纸上的，几乎写到了生命最后一息。此书在他去世之后一年半，才得以由齐鲁书社出版，董老师生前没能见到这本书印出来的模样。此书重点阐述了孔子学说即人格学的观点，正是他平时聊天时表达过的。2021年夏天，我去曲阜讲课，讲孔子。才疏学浅如我，连上高铁的胆量都没有。为了给自己壮胆，我连续近半月挑灯夜战，一番恶补，读书读了一大摞，其中重点细读的书有两本，一本是钱穆的《孔子传》，另一本就是董老师刚刚出炉的《论语译读》。

通过这样一番重读和精读，我得以重新认识了孔子，一个概念化模板化的孔子远去了，一个可爱且好玩的孔子越来越清晰。孔子弟子们也是个个活灵活现，我觉得自己很像那个鲁莽直率的子路，董时像谁？该像曾点吧，就是那个舍瑟而作并表达了"暮春者，春服既成，冠者五六人，童子六七人，浴乎沂，风乎舞雩，咏而归"之理想的曾晢，当然，我还把三两个闺密也放进去，试着在孔子弟子里给她们分别找了对应位置。夜半深更，读《孔子传》，读到潜然泪下。甚而至于，我竟然发现了孔子与我一直偏爱的 T. S. 艾略特之间存在着某种相似之处，他们都在为个人、为社会、为人类、为艺术寻找标准——一个可以引向永恒的标准。我在董老师离去之后，开始认识到孔子的了不起，以及董老师在他的孔子研究之中所寄托的理想。只是斯人已去，无论我产生多少新想法，都无法与之分享了。

在八十多岁上，董老师忽然开始念叨起自己那早逝的母亲。董老师的母亲和父亲，一先一后，于20世纪40年代末和60年代相继自杀，那是在青岛。母亲去世时，董时还是一个少年。董老师把母亲的一张一寸黑白照片翻拍了好几张，分发，给了我一张，我的另外两个闺密佘小杰和于瑞桓也各得一张。照片上，董老师的母亲很年轻很清秀，跟董老师长得很相像，一看就是大户人家的小姐。当时我们私下里对这个举止都感到纳闷，为什么要给别人分发自己母亲的照片呢？直到又过了几年，我才明白，那是一个人在生命的最后，向这个世界上仅有的不多的几个可以信赖的人，分享他那生命的来龙去脉，并且想通过这种方式，听到自己这个生命在世上的回音。也是在八十多岁上，有那么一天，董老师忽然又把自己用毛笔手抄并装裱成卷轴的《论语》分别送给我和于瑞桓各一份，当时不觉得这个送书法的举止有什么特殊，后来回想时，略有所悟，他可能觉得自己再往后就抄不了了，现在送出这个，是要给在世界上不多的几个朋友那里留下一个触手可及的纪念品，同时也把自己曾经活过的一点儿证据或者一点儿痕迹，留存在这世间。收下董老师赠送的母亲小照片和手抄《论语》时，我们都是嘻嘻哈哈的，而今回过头去再看，一个八十岁以上的老人这样做，不管怎么说，都太令人难忘，很可能是他正在为最后离去做着某种准备。

董老师一直对我小时候生活过并且在诗文中写过的济南南部山区的北井村感兴趣，很想去看一看，一直未能如愿。我在那里已经没有了亲人，连我自己都不去了。也是在他八十多岁上，有一天，他兴冲冲地告诉我，他在校园忧乐桥边遇见了两个正在铺路的民工，他跟他们闲聊了一阵，得知他们竟然来自北井村，就问人家"你们认识路也吗，叫冬梅的，她小时候在你们村里待过？"弄得我哭笑不得，我说："我又不是李白杜甫，我生活过的地方，不值得关注。"

董老师为人处世，并不是一个平均主义的好好先生，他连装一下都懒得装。每年春节，学院领导都要去走访退休老教师。董老师已退休多年，中文系改叫了文学院，领导层经过了好几番人事更替，再加上新进来很多年轻教师，董老师并不相识或者至少不熟悉。有一年春节，董老师又被单位拜过年之后，对我叹气："我不需要别人来看望我，我跟后来的人也不熟悉，净说些例行公事的话，好不容易把他们给糊弄走了。"董老师研究书法并写书法，出过一本《二王书艺论》，他有一个学生辈的忘年交，在省府工作，在董老师八十四五岁时，张罗着给董老师办一个个人书法展，董老师坚决拒绝，对方以为董老师是嫌麻烦，就再三表示愿意全盘承包一切事务，决不让董老师有任何劳动，董老师还是坚决拒绝，对方继续不依不饶，固执己见，最后董老师百般无奈之下，只好以绝交相威胁，对方才屈服了……董老师私下里对我说："算我看错人了，他到底想干什么?! 我的书法不需要展览!"

2019 年夏秋之交吧，我面临一个提上议事日程的烦恼。于是我成了祥林嫂，天天说阿毛，当然我比祥林嫂稍强一点儿，我并不是逢人便说阿毛，而是只跟我信得过的三两个人说一说，这三两个人之中，就包括董老师。我一打电话就说阿毛，董老师仍然用那一句话来说服我："记住，你是属于人类的，诗人是属于人类的。"他在电话里像过去一样聊天，一切正常，仿佛并没有发生什么，其实那时候他已经被确诊为绝症了……只是几乎到了最后了，我才忽然从济南大学校医院护士长王晓雯——我因一个戏剧性巧合而跟她结缘——那里得知董老师患病了，起初是感冒，接下来老是感冒，一次又一次，后来进行彻底检查，发现竟是白血病，也就是血癌。于是我才意识到，好像已经有那么一阵子没有看到董老师到校园里来散步了。也是直到那一刻，我才意识到自己多么蠢，同时深感羞愧，我竟然对一个不久于人世的人，一个在生命尽头苦熬的人，喋喋不休地讲述着我个人那些可笑的世俗烦恼，面对生死，那些连芝麻绿豆都算不上啊……那个人在电话那边倾听着，安慰我并鼓励我，而对自己的病情，只字不提！

跟董老师相比，我大抵还是俗的，大抵！

董老师做出捐献遗体的决定。这个决定的做出，应该发生在他八十岁以后，在患病之前。除了亲属，几乎未对外界任何人提起此事。我是到了很晚才从王晓雯那里听说来的，她也是因为董老师向她咨询过相关医学手续事宜才得知的。晓雯向我引用了董老师的原话："为人类做最后的贡献。"

在那最后的半年之内，董老师不断地住院、出院、又住院、又出院、再住院、再出院……先是西医，后是中医，来来回回共达九次。我去齐鲁医院看望他时，他很平静。大家谈起来，讨论为什么忽然就患了这种病呢，结论是没有什么缘由，只是基因突变，属于概率问题。见到我，他有些兴奋，话多起来，一边接受医护人员往他胳膊静脉里注射药物，一边不停地说话，又谈起我的父亲："我当年，在大学里，一定是见过你父亲的……我如果能早一些认识他就好了，我会劝他不要离开济南……"董老师的病床上，放着常看的书，他知道自己的病是治不好的，只是一直准备着待病情平稳一些的时候，继续研究孔子。

2019 年 12 月 5 日，董老师过八十六岁生日。我之所以能清楚地记住董老师的生日，是因为我的生日与他只相差一天。那正好是他从医院回家来暂住的第二天。我和王晓雯决定各自去送他生日礼物，但我们俩商量好了，不一起去，而是分头去，一个中午去，一个下午去，分开去，可以让热闹一阵子变成热闹两阵子。在董老师极其有限的人际交往中，我和王晓雯有幸列在其中。那天我给董老师送了一束鲜花，外加我的一本诗集。跟董老师交流时，我发现这个思维一向灵光谈吐一向有趣的人，大脑反应竟忽然变得迟钝起来了，语言是磕磕绊绊的。我当时有了不祥的预感。据说我走后，他还用毛笔在我那本诗集扉页上补写了说明文字。那个生日，是董老师的最后一个生日，也是他在家中待的最后一天。第二天，病情突然加重，重返医院，再也没有回来。董老师于2019年12月23日早上5点在医院离世。

最后的情形，真的就像20世纪90年代中前期在会议室里那次摔门而去时所预言的那样，"我死后，不需要派任何车辆，不需要任何人出席我的葬礼"，甚至做得比这更加决绝，董老师连葬礼都不需要了，连坟墓都不需要了，他直接把自己整个人都捐献给了医学院解剖室。在我的印象和观感里，董老师去世之后——既包括刚刚去世时，也包括去世之后相当长时间里——教工宿舍旁的墙壁和报栏，都没有贴出任何讣告，与学校相关的网站和各个微信群里都没有出现任何相关讯息，私下里也没有听到谁在谈论此事。因为董老师早就对家人交代过，不必通知任何人。这个"任何人"当然也包括我。只是后来董老师的儿子忽然自行改变了主意，决定还是打电话告诉我一下。接到关于董老师死讯的电话，已经是他去世的第二天晚上了，正是平安夜。那是一个雪夜，我刚刚从外省一个天文台回来，在我的脑海里，一个人的死就被放置到了一个宇宙坐标系里去了。

得知消息的第二天下午，我得以约上护士长王晓雯，一起赶了去，送别董老师。

在去往齐鲁医院的途中，并没有感到心情有多么沉重，看着车窗外的积雪，还跟王晓雯有说有笑的。对于董老师，我似乎就是"亲戚或余悲，他人亦已歌"里那没心没肺的"他人"吧。可是，在齐鲁医院附近下了车，从大路拐到小路上去，刚刚拐过弯，远远地望见了仿佛齐鲁医院太平间的那个位置，眼泪唰地就流了下来，止不住。

告别就是告别，仅仅是告别本身而已，就是来看最后一眼。没有任何车辆，没有任何仪式，没有任何语言，没有任何文字，没有任何装饰，没有任何花圈花环，没有任何音乐，没有任何人交谈，甚至没有任何标识。聚在太平间门口的，只是为数不多的亲属以及我和护士长。我和护士长，竟不小心成了校方代表。总共也就十来个人吧，排成一小队，安安静静地走进去，转了一圈，迅速地就出来了。董老师躺在那里。

我妈妈以前从校园里散步回来，经常念叨今天又在校园的哪个位置见到董老师了，其实彼此并没有打招呼，只是远远地认了出来。董老师去世以后，我妈好长时间不敢进校园散步。她表示，一想起那个熟悉的身影再也不见了，就很难受，一想起人没了，到最后，竟然还要被……还要被……就更加地难受——她指的是董老师捐献遗体的事。我妈反复地说："我理解不了！凭什么?!"

我一字一字地引用了董老师的原话："为——人——类——做——最——后——的——贡——献——"可是，我妈仍然很激动地反驳着，像要马上哭出来的样子，我只好劝慰道："在这个世界上，总得有人这么做吧。"

话说那天去齐鲁医院太平间跟董老师匆匆告别之后，准备往回返时，才忽然缓过神来，意识到这天还是圣诞节呢。天阴阴，地沉沉，圣诞前后一直都是风雪天气，雪花仿佛带着启示从天堂来到了人间。太平间不远处就是老舍先生故居，从那狭窄的小坡路走上来，看到车水马龙，看到了马路对面齐鲁医学院那中西合璧的教学楼群。这个校园的前身是一百多年前以"庚子赔款"建立的教会大学齐鲁大学，从建立之时起，医科就是它的王牌专业，"北协和，南湘雅，东齐鲁，西华西"，这里是中国现代医学教育的重要源头之一。据传说，这个校园西北角那幢古香古色的石砖楼——挨着马路院墙的——就是解剖楼。想到以后无法去任何地方祭奠董老师，甚至无法到他墓前献上一束鲜花，不觉有些怅惘。同时，我知道，从今往后，每当我路过这里的医学院教学楼时，我都会在路边静立片刻，在心里向董老师深深地三鞠躬。

别了，董时先生。在 2019 年 12 月 25 日这天，见您最后一面，向您告别。您在圣诞节这天，去见孔子了。

我知道，对于您，这样讲并不矛盾。走在风雪的天空下，我想说：哈利路亚！我还想说：士不可以不弘毅，任重而道远！

别了，董时先生，茫茫大块，悠悠高旻，不封不树，日月遂过，人生实难，死如之何。

送别董老师之后，我写了一首诗《致一位捐献遗体的亡友》。现在，我就以这首诗作为这篇文章的结尾，以此诗来代替所有的"呜呼哀哉"——

> 没有墓地，不知去何处缅怀
> 路过医学院标本室，我驻足，行注目礼
>
> 教了一辈子书，仍嫌不够
> 收场一举，你说要对人类做最后贡献
>
> 你笃信孔子并著述，为何独独忘记
> "身体发肤，受之父母，不敢毁伤"
> 你不信耶稣，为何偏偏又
> 把自己送上医学十字架
>
> 爱说风凉话，不喜欢开会，脱离集体

到头来竟如此公而忘私

一辈子热爱花花草草

到末了竟由一场暴风雪来送行

请接受我深深的鞠躬——

一鞠躬，代表友人，我留着你的字条

二鞠躬，代表同事，大作摆在我的书架

三鞠躬，代表人类，我相信永恒

2021 年 12 月

两个女子夜晚饮酒

前些日子，偶得一瓶好酒。我把这个消息告诉了好朋友绿狐，并表示要等她来一起喝，她不来，酒不开封。

一个人饮酒，那叫借酒浇愁，也可以叫"独行独坐独唱独酬还独卧"，还可以是"举杯邀明月，对影成三人"。三个以上的人饮酒呢，是桃园结义，是社交，是开party，当然也可以是鸿门宴。两个人饮酒，倘若是一男一女，似乎不太好定性，可以是偶遇或邂逅之时的倾吐衷肠，也可以是以酒为媒的暧昧；倘若是两个男人呢，可能是酒肉朋友，可能是筹划谋略，也可能是钟期相遇，酒逢知己千杯少；然而，倘若饮酒的这两个人，是两个女子，而且是两个中年女子呢，那应该是什么？在我看来，两个中年女子一起饮酒，饮至夜半深更，她们当比青春年少时更加青春，那应该是对于自由意志和个人欲望的肯定，是真正的意气风发，轻舞飞扬，荡气回肠。

我写过两首标题中以"两个女子"字眼打头的诗，

一首写于二十多岁时，叫《两个女子谈论法国香水》，另一首写于中年时代，叫《两个女子来到塞外》。两首诗的写作时间相隔二十四年，而诗中的人物——"两个女子"——是没有发生改变的，她们是相同的"两个女子"，一位是济南的我，另一位就是我那位由济南调往青岛的闺密——她的真姓实名在诗中出现过，而实际上，我在心里莫名其妙地给她起了一个外号：绿狐。

如今，我其实还可以写出一首"两个女子……"这样的诗来，我要写什么呢，我要写《两个女子夜晚饮酒》。我和绿狐平均每两个月见一次面，要么我去青岛，要么她来济南，夜以继日地喝酒聊天。过去我们见面时喜喝干红，而近三五年来，两个人的身心似乎不约而同地发生了某种微妙的变化或者变异，竟然都开始热爱起白酒来了，并且不惧怕度数高，五十三度又如何。

人到中年，才越来越逼近了人生的真相和个性的本质。

我想，我个人对于酒的热爱，或许与基因遗传有关，我的父系母系两个家族代代都出酒鬼；或者，还与我在济南南部山区的酿酒厂度过了幼年和童年有关吧，我在酒瓶清洗车间收集酒标，从酒标上开始识字，认识的第一个汉字就是"酒"，我还光脚丫跟着大人一起在车间里踩过长方形木框里的酒曲呢……浓重的酒糟气味覆盖着我整个的童年记忆。长大以后，作为一个有严重社交恐惧症和回避型人格障碍的人士，每当需要跟不太熟悉的人打交道，就感到莫名的恐慌，比如，我不得不打一个电话，说出我的想法，要办什么事情，我就会缺乏勇气，怎么办？这时我会先跑进厨房，从头顶的柜子里随便拎出一瓶打开来的酒，咕嘟咕嘟地喝上一气，让头变晕了，趁着酒劲，拨通了电话。

至于绿狐之爱酒，当有她自己的缘由，除此之外，还当属于近朱者赤，近墨者黑吧。

我准备的那瓶酒是白酒，当属于某个国产名酒系列中的较高端款，上面可以辨认出"君品习酒"四个汉字。那个酒瓶子真是漂亮，漂亮的程度足以让人一下子就理解了那位买椟还珠的古人了。瓶身是金镶玉的结构，瓶身周遭边缘以及拧绳状的长颈高瓶口是明亮的棕金色亚克力材质，看上去宛如剑柄以及某个形影，这样的一圈一遭，箍着中间那个有着渐近层的碧绿色泽、有着美玉的质地、有着圆环而扁平的形状的瓶身主体……整个瓶子看上去清而不寒，娇而不媚，恍惚间令人觉得也许似一位佩着剑匣带着箧笥的公子，哦，当是一位温润如玉又侠肝义胆的君子，穿着镶深色缀边的绿裳，衣袂飘飘，远走天涯。

酒瓶上的四个汉字，似可作多种理解。君，既有"先生"之意，也有"君子"之意。这里的"品"字，既可以当成名词"品质"，同时也可以当成动词"品尝"，那么这个词汇或词组的意思，可以理解成"具有君子品质的习酒"，当然又可以理解成带有一丝祈使意味的句型："请先生来品尝一下习酒吧""欢迎君子来品尝习酒"。甚而至于，不论语法，只是从汉字本身的象形暗示效果来看，我觉得思绪不妨更加自由一些，这个"习"字其实也理解成一个动词，"先生当品评这款酒并习练去喝这款酒""君子饮此酒，习以成性"……这个命名里，有明显的道德意味，却并不说教；有明显的热情邀约之意，却又彬彬有礼，绝不强人所难。这不正是饮酒时主人和宾客都应该具有的态度吗？这四个汉字，其实就是正在做出一个特定动作，面对面，四目相对，微微弯腰侧身，颔首微笑，春风拂面，说出了一个字："请——"

我把这瓶酒或者说这只酒瓶子放在了书房里，置于铁制书架的最顶层，它高高在上，那么扎眼，在天花板之下，君临我屋子的四面八方。我家的书，原本多到可以把人绊倒，原本堆放得乱七八糟，如今竟忽然不再凌乱了，而是全都匍匐着围绕着这个美丽绝伦的酒瓶子确立起了新的秩序。哦，这不正是华莱士·史蒂文斯写的那只田纳西的坛子吗？

朋友来了有好酒。

新酒开封的日子，仿佛一个节日。

这种因某个古代部落而得名的酒，据说必须要用当地特有的"红缨子"高粱以及赤水被国家保护河段的水流才可以进行酿制，而且还必得是端午制曲，必得是重阳下沙。至于放在我眼前的这一瓶呢，这具体的一瓶，从命名来看，应该是其中颇具君子之风的一款了吧，据说经过了九次蒸煮、八次发酵、七次取酒、窖封贮存……逾一年以上，才终成正果——君子不是天生的，君子需要后天培养和修炼。

傍晚时分，朋友抵达。相见欢，开酒瓶。

菜肴是极简的：四根生黄瓜，一盘西红柿炒鸡蛋，两袋牛肉干。

精灵被囚禁在瓶子里。酒是途径，通往梦幻之乡。

酒终于被小心翼翼地倒进了高脚的白瓷小酒盅。

那液体是微黄的。闻上去，似有青草的气息。轻轻地抿一小口，既有锋利的明晰，又有绵厚的慰藉，这就是所谓君子吗？

我和绿狐，从某种程度上来讲，都算得上是伊壁鸠鲁主义者，认同快乐就是身体无痛苦同时灵魂无烦恼，当外在物质流出的稀薄的原子团触及了人的感官，于是就产生了感觉，感觉又生发出了思维。我们相信享乐无罪，即使是享乐主义，也并无大碍，只要不过分放纵，只要所得合法，就属于正当的快乐。《传道书》里说："我所见为善为美的，就是人在神赐他一生的日子里吃喝，享受日光之下劳碌得来的好处，因为这是他的分。神赐人资财丰富，使他能以吃用，能取自己的分，在他劳碌中喜乐，这乃是神的恩赐。"

　　如果说水是液体的原形形式，那么果汁汽水等软性饮料则是液体中的比较级形式，而酒则是液体中的最高级形式，至于酱香型白酒则更加纯粹，当属于液体中的顶尖级形式，属于巅峰。酒里什么都不缺，酒包罗一切：肉体、灵魂、抑郁、自豪、喜悦、训诫、健康、颓废、馈赠、礼仪、文明、暴力、艺术、沮丧、才华、证据、神、政府、哲学、意义、法律、回忆、医学、巫术、体育、文学史、手术台、历史、部落、丛林、水文、温度带、生物学、经济学、醒悟、死亡、复活、自由、汽车、警察、悔恨、音乐、叛逆、农业、税收、意义、弗洛伊德、李白、李清照、爱伦·坡、菊花、陶渊明、陷阱、凶杀、虚空、形而上学、耶稣、谷仓、交响乐、希腊神话、病历、婚礼、末日、珍珠港、齐鲁、燕赵、聊斋、贾府、量子纠缠、ChatGPT、火山、发票、阶级、玫瑰、天文台、失足、友谊、时间、怜悯、海市蜃楼、青春期、维生素、阿尔茨海默病、太阳、月光、万有引力、辩证法、唯心主义、第一动力因、实用主义、存在主义、中世纪、助产术、辩论、天堂、地狱、集体无意识、注释、人格、方法论、逻辑、女权主义、存在、旷野、经验、禅宗……

　　酒是液体的火焰，那一片倾泻的明亮，包含了对于天空的信仰和对于大地的敬重。酒上天入地，驱散犹豫不决和怏怏不乐，它自己既是火焰也是灰烬，酒先要摧毁旧的自我，然后还要重建新的自我。

　　酒喝到半夜时，已经算是喝得酣畅。

　　人在适度的酒精之中，整个神经系统变得敏锐起来，尖锐的辛辣和深切的醇厚潜入到了人的内心的最后领地和最隐秘角落，逼近着潜意识，遥远的细枝末节也开始从身心的最底部泛起来，于是思索如泉涌，言语炙热，灵感袭来时浑身战栗，在微微眩晕里，魂魄散发出了魔幻的光彩。在这个火候上，两个人开始抢话说了，进行话痨比赛。一个人刚说了前半句，另一个人就能迅速接上后半句，两个脑袋像是连接上了电线。在酒里变得白热化的生命，抵达了遥远的自我，成为游牧式的人，她们嘲笑着这个世界上所有的呆板、冬烘、枯燥、陈腐、患得患失。

用一杯杯酒压住中年的苦闷，用酒瓶子做镇纸，压住前半生。一条叫作赤水的河流，注入了两个北方女子的身体。古老部落的蛮荒与遥远边地的神秘，借助太阳的能量和植物的灵性，使过往的上千年衔接并长驱直入于两个现代女子的脉管。中国大西南的光芒降临在了中国北方的半岛。

这酒明明来自我去过多次的黔蜀交界，不知为什么，却总是莫名地让我联想到法国南部的普罗旺斯。

这时候，如果窗外正在下着大雪，就更好了。我们当模拟那个"雪夜访戴"的故事。王子猷乘小船去访戴安道之前，也是先喝了酒，借着酒劲上路的，"夜大雪，眠觉，开室，命酌酒，四望皎然。因起彷徨，咏左思《招隐》诗"，紧接着，他那意识流般的脑海里就冒出了那位远处的朋友。

继续喝，投身于酒精的烈焰之中。喝到险象环生，喝出身体中的天之涯地之角，喝出灵魂的地平线，喝出奔走旷野的力量。在神经与酒之间，存在着某种神秘的电流感应，使得脉搏里回响起了叛逆的节拍，拍打着躯体的自由之岸。

渐渐地，两个人的话突然变少了，后来干脆有一阵沉默，仿佛遇上了休止符。脑袋并不昏沉，这酒一点儿也不上头。只是喝到这个程度，人忽然变得安详起来，夜晚的空气有着丰盈而顺从的静谧。这时候，除了自己血管里流动的血液，再也没有其他事物来与本人发生对话了，而且这时候的所有想法，都不是来自大脑，而是来自温度升高了的五脏六腑。

最后，在恍惚之中，人似乎被酒从"此岸"摆渡到了"彼岸"，看到了神的旨意。

终于，我们喝到东方之既白，把窗外的夜晚给喝成了黎明。

桌上杯盘狼藉。我们醉意辉煌。

天亮了，我们要去睡了。一个去了南屋，一个去了北屋。

两个君子喝了半瓶颇具君子之风的酒，进入了梦乡。

人生如梦。

2023 年 5 月 21 日

我与李白握手

我是坐着绿皮火车从济南去兖州的。车窗外是初冬的萧瑟，偶尔会有一列白色的子弹头高速列车掠过。速度太快，当不利于做梦吧。而一列高铁时代的绿皮火车，倒显得特立独行起来，它的车轮吭吭当当，车厢摇摇晃晃，令人神思恍惚。它正缓慢地行驶着，把我载往李白笔下的"东鲁"之"沙丘城"，载往唐朝的一个梦境之中。

李白在兖州安家二十多年。

李白和杜甫第一次聚首在兖州（在公认的李杜洛阳相见之前，二人存在同时暂居兖州之可能），最后一次相聚也在兖州，自兖州分别之后终生再未相见。

以上这两件文学史上的大事件，到了 20 世纪 90 年代初期，终于有了铁证。这铁证是一块残碑和三个石人，它们都是在 1993 年春天从兖州城东的泗河里出土的，出土的具体位置都是金口坝。

那块残碑是一块北齐造像碑，上有"以大齐河清三年岁次实沉于沙丘东城之内……"字样，说明唐朝的东鲁兖州郡的治所"瑕丘城"，在北齐时被称为"沙丘城"，正是李白与东鲁相关的诗中所谓"我来竟何事，高卧沙丘城""我家寄在沙丘旁，三年不归空断肠"（《沙丘城下寄杜甫》）。

至于石人，共挖出来三个。

其中两个是北魏守坝跪姿石人。石人是看守并保佑桥堰的饰物，如今挖到了四个之中的两个，石人后背题"起石门于泗津之下"，证实北魏时金口坝就已初建，当时叫作"石门"。这既与郦道元《水经注》里提及此地水系时所言"结石为水门"的那个"石门"相吻合，同时更证明了李白和杜甫在他们有关东鲁的诗作中所写到的"石门"正是现在的金口坝。尤其是李白，他在鲁郡送别一位友人时写过"石门喷作金沙潭"，他还写有《鲁郡东石门送杜二甫》，铁证如山，这石门，也就是如今的金口坝。

除此之外，还有一个"汉代跪姿石人"。对于当年泗水岸边紧邻着石门的宴游之地和雅集之地尧祠，李白曾经写下过很多相关诗作，其中《鲁郡尧祠送窦明府薄华还西京》里有"门前长跪双石人，有女如花日歌舞"

之句。据考证，这个出土的"汉代跪姿石人"正是李白诗中所写到的两个石人中的一个，曾经立在尧祠门前。

有了这样的重大考古发现之后，关于李白居家东鲁的确切地址以及诗中所涉其各个地名如今所指究竟何处，结论已定，非现在的兖州莫属。同时，多年以来这方面的争论可以休矣，过往很多书籍中对于李白东鲁诗作的一些注释，再版时都得进行修改了。

一列 21 世纪的绿皮火车正载着我奔向唐朝开元天宝年间。

我在兖州站下了火车，顶着冷风，走到了火车站广场上。这个普普通通的火车站广场，可是一点儿都不普通。据专家考证，此广场应该就是当年李白的家宅所在的具体位置，即沙丘城东门之外，李白诗中所谓"鲁东门""鲁门东"。据更新考证，其诗中的"南陵"很可能也指此地。他一生的诗文中直接和间接涉及东鲁的多达六七十首（篇）。李白及其家人在这里有庭院房屋，有田产，有户籍。

站在这广场上，脑海中浮现出所阅读过的李白东鲁诗作，于是眼前幻化出了一幅图画：在这苍苍古树的东鲁城边，李白刚刚安家不久，邻居家的海石榴开花了，恰与东窗下一位山东少女的人面相映，引得李白痴望。后来李白在房屋东面亲手种植下了一棵桃树，他"仰天大笑出门去"，他四处漫游，而家中这棵桃树渐渐长到了与家中屋檐齐平了，女儿平阳在树下折桃花，那曾经驾小车骑白羊的儿子伯禽也长到跟姐姐差不多身高了，一对儿女在桃树下想念起那不知云游何方的父亲，流下了眼泪。有人帮着他们在家门口附近耕田，老婆则在家中照料孩子，先后有过的四任老婆中，三位均与山东有关联，从南方带过来的第一任老婆死在了山东，第二任老婆或许是一位泼辣的山东女子吧，受不了李白常年不在家，据说把李白赶出了家门或者跟着别的男人跑掉了，气得李白写诗破口大骂，第三任老婆没有留下姓氏，但毫无疑问是一位贤良的兖州女子。李白偶尔会从远方壮志未酬地返回到这东鲁家中闲居一阵子，他在自家庭院里散步或者舞剑，在宅墙外的酒楼上一边听着齐歌一边饮着鲁酒，还在家门口的河上泛舟，观看农人收割蒲草……

出了火车站广场，往南拐个弯，就看到了城中内河上跨着一座明代古石桥，叫酒仙桥，这桥当然是为了纪念李白。从酒仙桥再往东走不远，地势渐渐变得有些低洼了，终于出现了古旧的青石板路面，青石板路面在一个堤岸兼公路下方的涵洞里，从那个涵洞里钻出来，视野顿时变得开阔起来，于是看见了一条水面宽广且水势丰盈的河流，这河流的主干就是泗河，古时也称泗水，同时还有附近的其他几条小河汇入。

泗河上有一个平铺着的长条形的石坝，连接着河流两岸。沿着这座坝行至河流的对面，就是泗河东岸的城外村野了。

没错，这座石坝就是金口坝，一座有着一千五百年历史的古石坝，古代曾经叫作"石门"。旁边立着"全国重点文物保护单位"的石牌，还有匍匐在地上的石雕水兽。

这坝低矮平整，高出水面不多，距水面似乎也只有一米的样子吧，当然这个距离还要随着不同时期水位高低的变化而发生变化。远看这坝呢，就好像是一道东西方向的平直横梁硬是把一道南北流淌着的河水给分成了两部分，它既是一个水利工程，同时又是一条交通道路，坝下流水，坝上走人行车。它在古代是一个四通八达的水陆交通要道，走行人和马车牛车，现在呢，虽然已经不是什么交通要道了，但仍然在使用着，可走行人，同时也走自行车电动车三轮车摩托车，还见到了两辆黑色轿车从上面开了过去。

这个平直横梁般的石坝把一条河就这样分成了两半，

打眼望过去，似紧贴水面，基本上见不到流水的孔洞，所以它的模样并不像一座桥。可是，走近细看，这坝其实是有孔槽的，方形孔槽是深凹着陷进石坝的某一侧的，共有五个这样的半藏匿状态的凹陷孔槽，孔槽是可以进水的，水流盘旋而进，形成一个个湍急的小水团小旋涡，然后再从坝的另一侧几个几乎看不分明的普通小口流淌出去……河水还是畅通无阻。在紧邻水边之处，细瞅那坝的石面，会发现石块之间是用铸有"金口坝"字样的铁扣连接着的。

此时此刻，我眼前这浩浩汤汤的泗水河之上的金口坝，就是李白诗中的石门啊，就是李白送别杜甫的地方啊。那是745年的一个秋日，李白就是从这里送别了那与自己同游过齐鲁大地的杜甫，从此两人终生再未相见。这个叫石门的河上之坝，是送别之地，也是永诀之地。杜甫多么留恋这个与自己"醉眠秋共被，携手日同行"的大了自己十一岁的同道啊，而原本落拓不羁的李白竟也变得伤感起来，于是双鱼座就给水瓶座写了一首诗，叫《鲁郡东石门送杜二甫》："醉别复几日，登临遍池台。何时石门路，重有金樽开。秋波落泗水，海色明徂徕。飞蓬各自远，且尽手中杯。"这是一场为了告别的聚会啊，马上就要别离了，让我们一醉方休吧，此刻还没有分开呢，就已经盼着重逢了，我们俩曾一起游遍齐鲁的山池楼台，那么何时再相见呢？何时再在这石门附近开怀痛饮呢？你看近处这秋色连波的泗水，你再望望远处那闪亮的徂徕山。亲爱的朋友啊，今天，你和我，在这石门，就此别过，接下来彼此就像飞蓬一样各自随风飘荡了，命运使我们天各一方，那么请把手中的这一杯酒干了吧，请饮尽这忧伤之杯的最后一滴！

闻一多把李白和杜甫的会面，看得非常重大和神圣，认为几乎可以跟孔子和老子的会面相比拟，简直相当于"青天里太阳和月亮走碰了头"。那么，李杜二人相送相别的这座依然存在的古坝呢——不管叫它石门还是叫它金口坝——又该是多么了不起的一个地点啊。

我站在这石坝上，迎着冷风，顺着河水逆流向北望去，可以看到不远处位于河西岸的著名的黑风口，那里是郦道元曾经乘船的地方，也是从古至今引水西去进城灌溉的闸门所在地。再往更远处极目望去，天气阴沉，水天皆呈青灰色，岸边的树林子基本都变光秃了，偶有几片枯黄和灰绿还不甘心似的夹杂在那里面。想到此处是一千二百七十五年前李白送别杜甫的地方，我脚下正在踩着的某块石头也许正是他们两个人曾经踩过的，千年时间忽然犹如一页纸张那样发生了折叠，过去的时间和现在的时间相遇相交，泪水忽然就涌进了我的眼眶。

接下来，我从黑风口附近登上了旁边那条兼做公路的泗水堤岸，这路堤比河滩和四周平地高出很多。从那个高处环顾四野，既能望见东南方向的金口坝，同时又能看见略微往西北方向一点儿的那座纪念李白及其儿女的青莲阁。据说三年前为了加固河堤并扩建这条双向车道，在将青莲阁保持原物的状态下，将它由东往西平移了三十多米并且抬高了一米半。如此看来，这古老的青莲阁原本是紧邻着泗河西岸的。而且根据考古，后人为纪念李白，就把青莲阁建在了李白反复写过的宴游雅集之所"尧祠"附近，即他所谓"门前长跪双石人，有女如花日歌舞"的地方。由此推断，早已被毁的"尧祠"也紧挨着泗水西岸，并且离"石门"或者说"金口坝"很近。当然从此处再往西北方向一些，走上并不远，就是李白的家宅了。

在古代尧祠所在的区域，如今开辟出了一个"青莲公园"，大门上有一副对联，上联说的是李白，下联说的是杜甫。在这个国家，从古至今，李杜总是要绑捆在一起的，不管是用对联还是用其他什么形式都可以，这两个人绑捆得好。

谁为李杜发生在兖州的这一切来做证？有残碑为证，

有石人为证。它们在哪儿呢？此时，它们就在兖州博物馆里。

接下来我就去兖州博物馆。这是星期二的下午，博物馆里除了工作人员，竟只有我一个参观者。我直奔二楼那个摆放了残碑和石人的大厅而去。走进大厅，接近摆放残碑和石人的那片展区时，我竟能听到自己的心怦怦直跳。

我终于看见了它们！它们都在那里！那块可以证明兖州就是李白诗中的沙丘城的北齐石碑，那个在李白诗中出现过的汉代跪姿石人，还有那个足以证明李白送别杜甫之地石门就是如今兖州金口坝的北魏守桥跪姿石人，它们都在这里！此时，它们正在博物馆的聚光灯下，闪烁着诡秘的光芒，那是时间从时间里穿过的光芒，那是从地上深埋地下又返回地上的光芒。

据说北京诗人黑大春2000年曾经沿着李白足迹行走祖国大地，当他到达兖州并看到博物馆里这跟李白有着密切关联的出土石人时，高高大大的诗人突然朝着石人跪下了。黑大春请求同行的其他诗人朋友也跟着他一起跪下来，朝拜李白，无奈同行的朋友们都不肯效仿。现在我也来到了这里，我使劲忍了忍，才没有跪下去。

这三样物品并排放置，并没有罩上玻璃，只是象征性地轻轻拦了一道警戒线隔离带，其实就是拉了一条红布条而已。

两个石人之间，摆放着那块北齐沙丘碑。上面的字似乎既有楷味又有隶意，我是书法盲，不懂得如何鉴别，只觉那些字看上去飘逸高华、素朴天然、纯真烂漫，富有青春气息，有限的每一笔每一画都试图朝向无限的时空打开来。写字的人应该生活得衣食无忧，并有着风一样的性格吧。

北魏守坝跪姿石人当时出土了两个，现在展厅里只展出了其中一个。它的头已不知去向，而且它是裸体的，把厚实的后背和两个明显的屁股蛋子朝向观众，而那后背和屁股上全都刻满了字，把身子压着那作为警戒线的红布条使劲前倾，方可模糊地看到一丁点儿，字迹似有方正质朴之风。这个石人的正面是朝向墙壁的，离墙大约还有三十公分。大厅一角有一位男工作人员，我走过去问他："这个无头石人的正面是什么样子呢？我能不能越过警戒线去瞅一眼？"那个工作人员说："我只是一个保安，没有这个权限，除非你去找馆长。"我说："你一定见过它的正面，那你告诉我正面是什么样子吧。"他说："它的正面，就跟你我一模一样。"接着他补充道："这石人就是犯人，被罚看坝。"我问："有考古依据吗？"他压低声音，悄悄地对我说："这个就别跟别人讲了，这是我自己猜想的。"对于这镇在石门水坝上的无头石人，其实尚存争议，有人认为是北魏的，但也有人说应该是汉代之物，只是后来被北魏人拿去刻上字用来守坝了。我拍照发微信给一个懂行的朋友看，他很快回复："汉代的背部是鼓的，但没有腰臀，至北魏之后，背部才有了轮廓。"所以，答案自然应当就是北魏之物了。

再去细看那个汉代跪姿石人，那是李白写过的尧祠门前的双石人之一，相对称的另一个石人据说曾经出土过了又在乱世中被胡乱深埋到城中地下去了，只知大略位置而并不确切，有待重新出土。这个汉代石人跪着也有 1.4 米高，若站立起来，肯定比我的个子高多了。它戴着尖帽，双手放于有纹饰衣装的胸前，一看那长相就不是汉族人，大约是匈奴人吧，凸鼻凹眼，且鼻眼都是硕大的，眉骨突起如雨搭一般遮在额头下方。这个石人眼目下垂，表情平稳，一副不问世事的沉思状。接下来，我就开始细细研究李白写过的这个曾立于尧祠门前的汉代石人了。我在它跟前不走了，转来转去，察看得非常仔细，连它尖帽上的一个小孔、衣领样式以及手指如何交叉都不肯放过。这引起了大厅墙角那个保安员的警觉，他一次又一次地走过来巡视，还问我："这么长时间了，怎么还没看完呢，不就是个石头人吗，有什么好看的?"这保安大约把我当成来偷石人的了。就像那次去北京中国国家博物馆看一个德国启蒙运动展览，展厅里有一双哲学家康德穿过的皮鞋，我盯着那双皮鞋看了至少有半小时，导致展厅工作人员认为我想偷皮鞋。这次大概又造成了同样的误会，于是我对那保安解释："你放心吧，这石人太沉了，得有几百斤重，我就是想偷，也扛不动。"

那是 746 年秋天，李白大病初愈，从家中勉强支撑着出发，骑马去了尧祠，在那里送故人窦薄华县令去长安。他用一首比较长的诗把这位友人送去了长安，在诗中感慨并宣泄了一番个人情绪，情绪尚未发泄完毕，于是几乎是在同时，他又写了那首著名的副标题为"别东鲁诸君"的《梦游天姥吟留别》，然后自己也离家往吴越去游荡了。当时他绝不会料想到那首送别窦薄华的诗里面那句"门前长跪双石人，有女如花日歌舞"，在千年之后竟成为对应出土文物来进行考古的重要证据。

那北魏守坝石人，或者曾经与李白杜甫相见过，或者它在李杜来兖州之前就已经堕入河道淤泥之中了，情况究竟如何，不得而知。但是彼此相见的可能性还是有的，根据守坝石人后背的文字，那个石门也就是后来的金口坝，在初建时就有了石人，把上面记载的年代换算成公历，应该是建于514年，离唐朝李杜生活的时代也只相距二百来年，此坝虽然在隋代重修过，但石人未必废掉，所以李杜二人很可能是见过这个北魏守坝石人的。至于尧祠门前的汉代跪姿石人，毫无疑问，百分之百地与李白杜甫相见过，尤其是它与李白相见欢，还上了李白的诗。

我继续盯着那个汉代跪姿石人细究。忽然觉得这个长得像外国人的石人就要开口说话了，它那圆圆的小口似乎马上就要张开来了。倘若这个石人会开口说话，它将讲述多少关于李白和杜甫的故事啊。这是李白和杜甫的石人啊，当然，他更是李白的石人，李白不仅见过它，李白还写过它，李白肯定还用手摩挲过它，甚至不止一次地摩挲过它！如果我摸一摸这个石人，岂不等于间接地跟李白握手了吗?！这个突如其来的念头令我激动不已。我试着身体前倾，压着隔离带警戒线的红布条，把胳膊朝着汉代跪姿石人伸了一下，却发现离得有些远，够不到。我想把警戒线隔离带往里面稍微拖拉一下，却找不到机会，大厅一角那个保安一直朝我这边张望着，连头都不肯转动一下。我很想去求求他，让他允许我就轻轻地触摸那么一小下，只轻轻地摸一小下！我决不毁坏文物，我比他还要珍惜这文物。可是我不敢开口去求他，担心弄巧成拙，反而更加摸不成了！

后来从博物馆另一个厅里又进来一个女保安，女保安跟男保安开始聊天，说外面下雨了，像是雨夹雪，天冷了，今晚应该去吃涮羊肉。我希望他俩聊天聊得火热，把我忘记，可是回过头去，发现那个男保安跟同事说话的同时，脸仍然朝我这边张望着，一丝一毫都不肯放松警惕。等女同事走了以后，他冲着我喊："快下班了，你还没看完吗？"我索性又走了过去，跟他攀谈："兖州有一位民间的李白研究者，叫某某某，您知道这个人吗？"保安不耐烦地回答："你可以知道，我不必知道。我就是一个保安。"还没等我答话，他又跟上两句："我不明白为什么有这么多人研究李白，他有什么好研究的，不就是喝酒之后掉到河里去了吗？！"

看来这个保安对李白也并不是一无所知哦，他只是不肯像我这般酸文假醋的文人动辄发思古之幽情，他只愿把李白看成一个普通人，甚至一个连普通人都不如的酒鬼。这个保安倒还是蛮有个性的呢。

我又返回到汉代跪姿石人那里，继续盯着它察看。或许是我刚跟那男保安聊了一会儿，分散了他的注意力，或许是快到下班时间了，他一心盼着去吃涮羊肉，又或许看我实在体弱矮小，绝不可能把那石人扛走……反正，他盯我盯得似乎不像先前那么紧了。

我每隔一会儿就回过头去，望一下大厅某个角落，看他是不是还在盯着我。有那么一次，我忽然发现他不在我的视野之中了，我的心跳加速，于是弯下腰去，从警戒线隔离带的红布条下钻进去，飞快地伸出右手来，轻轻地触摸了一下汉代石人的脸庞，接着又从那红布条下方飞快地钻了出来，因激动和紧张而气喘吁吁。那轻轻的一触，竟使我的手有类似触电的感觉，麻颤颤的，痒痒的。我终于摸了那个汉代跪姿石人！我等于间接地跟李白握过手了！是的，隔着千年时空，我跟李白握了一下手：李白，你好！

等我回转身去，发现那个男保安又回到了原先的岗位，朝我这边望着。刚才他应该是去卫生间了。

亲爱的读者，如果你读到此处，恳请一定不要效仿我的不文明行为，对于文物，我们应该只观看而不去触摸。如果兖州博物馆的工作人员读到此文，想追究我的责任，请跟我联系，我愿意接受罚款，与此同时，我还想提一个建议，为了更好地保护这可以为李白寓居兖州及杜甫客居兖州做证的石人和石碑，还是给它们分别都罩上一个玻璃罩吧。

那天下午唯一的参观者终于走出了兖州博物馆。外面的确下起了雨夹雪。天快要黑了，走在冷风里，我的心中洋溢着幸福。今天，我跟李白握过手了，是真的！

2020 年 12 月

济青都记得那个"写家"

　　山东最美丽的大学校园在哪里？毫无疑问，它就在济南，当属山东大学趵突泉校区，即如今山东大学齐鲁医学院所在地。它在过去相当长的时期里是山东医科大学或者山东医学院的校址，而它在更早的时候，在最初的时候，属于中国最早的教会大学齐鲁大学。

　　好像是在 1995 年或者 1996 年的初夏吧，我到访过当时还是山东医科大学的这座校园，专门去拜访那座洋名叫麦柯密古楼的办公楼。我是为了专门去看一下二楼最西头的南面那一间，那是老舍先生当年任教齐鲁大学时曾经住过的单身宿舍。

　　我到的时候，是上午十点来钟，我从那座古旧的齐鲁大学"校友门"进入校园。老舍多么喜爱这座校园啊，称它为"非正式的公园"，那一座座中西合璧的建筑因全都浑身披挂着爬山虎而被老舍称为"绿楼"。直奔校园东北方向，一下子就看见了我要寻找的那座位于校园中轴线北端的核心建筑。这座麦柯密古楼位于榆槐树丛之中，身上爬满了藤蔓，西方风格与中国元素结合得恰到好处。它在自己的额头位置有一座大钟，钟下面有一个白底黑字的牌子，以繁体字竖写着"办公楼"三个字，民国味十足。这楼在地下有一层，在地上有两层，底部墙基是石头的，墙体为灰砖，柱廊式门斗，中间和两侧的覆顶均为灰瓦翘檐，楼外观的边边角角上既有中式的屋脊吻兽又有西式的花饰雕刻，成排的红色的竖长形木窗庄重典雅。

进了楼门，直接上二楼，楼梯扶手为红色，全楼都是油漆过的木质地板，踏上去还很结实。不知资料是否准确，据说当年建筑这些楼时，为了防止所用木料遭虫蛀，所有木料都是经过蒸煮的。楼道狭长，有些昏暗，拐弯向西，走到尽头，找到南面房间，敲门。里面传来声音："请进——"我推开门，站在门口，看见里面是一间高窗透亮的办公室，地板也是木头的，我细细打量这间房间的每一个角落，想象着当年老舍在这间屋子里生活写作的场景。屋里有好几个人在埋头办公，终于有人抬起头来问我："你找谁?"这下倒是把我给问住了，我总不能说我来找舒舍予或舒庆春先生吧。我愣了一会儿，支支吾吾地问："这是……老舍……当年住过的那间房子，对吗?"这下轮到对方发愣了，压根没听明白我的问题，我又重复了一遍，人家还是迷茫地发愣，对我的问题不置一词，接下来说："我们这里是办公室。"我只好知趣地离开了。但我知道，我找到了，我百分之百准确无误地找到了，老舍居住的就是这个房间。他在这里住了整整一年，在这几扇高窗下备课、写作、翻译、编校刊，写出了一大堆关于济南的散文，还写了以济南五三惨案为背景的长篇小说《大明湖》。这部长篇小说在 1932 年年初即将发表时，手稿和制版却在上海商务印书馆印刷厂里被烧毁于上海一·二八战役的炮火之中了。老舍写小说喜欢构思好了之后下笔一遍写成，且从不留底稿，这个习惯让他吃了这么一个大亏。

从麦柯密古楼里出来，我又去看了紧挨着在南面的那些同样漂亮的教学楼。老舍当年在齐鲁大学教过文学概论、文学批评、文艺思潮、小说及作法、世界文学名著等课程。对照我曾经看过的齐鲁大学文学院的图片，我认为考文楼和柏根楼这两幢楼中的某一座应当就是老舍当年上课的楼，但我围着它们转了好几圈，无法断定究竟哪一座才是老舍上过课的。我试图询问一下，可是刚一开口，人家就不知我所云，甚而至于把我当了怪物，我能去问谁呢? 满校园都是医生和未来的医生。

老舍在山东差不多共待了七年半。其中 1930 年 7 月至 1934 年 7 月，四年在济南，任教齐鲁大学。接下来又去青岛待了三年，1934 年 8 月至 1937 年 8 月在青岛生活，其中两年任教山东大学，接下来辞去教职，在青岛自由写作一年。1937 年 8 月，他再次应聘齐鲁大学，又返回了济南。然而，接下来战争爆发，他不得不又从济南奔赴了武汉和重庆。在山东的这七八年是如此辉煌，从质量上说，他写出了一生中最好的作品；从数量上讲，山东时期的写作占去了他全部文字的二分之一。

小时候，我喜欢读闲书并胡乱写东西，我爸爸经常略带嘲讽地反问我："难道你想将来当个'写家'吗?"他不用"作家"这个词，偏要说"写家"，这与老舍有关，老舍总爱谦逊地称自己为"写家"。

对老舍的喜爱最初就源自我爸爸。1980 年或者 1981 年，具体哪一年，我不记得了，人民文学出版社出版了三卷本《老舍文集》，有着黄绿色纹路背景的封面。那时我上小学五年级，读了老舍在英国写的三部长篇小说《老张的哲学》《赵子曰》《二马》，不管懂不懂，反正就那么生吞活剥地读了。话说许多年后，人到中年的我去英国时还特意寻找到了他写这三部小说时任教的伦敦大学，还寻找到了他在伦敦时住过的地下室房子，恍惚之中一下子又忆起了小时候读这三部小说时的情形，时光就这样在我身上画了一个虚拟的圆圈。

狮子座的我爸爸，射手座的我，当然会喜欢水瓶座的老舍，这不奇怪。还有，这世上难道竟还有人不喜欢老舍吗？倘若有这种人，一定是无趣的活死人，我深表同情。

后来，大约到了初中二年级吧，家中订阅的一堆杂志里面包括《连环画报》，我在某一期上连画带文字地读到了《月牙儿》。这一篇跟我从前读过那些幽默的老舍小说不太一样。记得我写作文还照搬了《月牙儿》里面的一句话："它唤醒了我的记忆，像一阵晚风吹破一朵欲睡的花。"老师不知这话是我从别处弄来的，还很欣赏地在下面画上了表示赞美的红色曲线。后来我才知道《月牙儿》是老舍到了青岛以后写的，他把那部在世上再也找寻不见的烧成灰烬的长篇小说《大明湖》中最精彩的部分凭着记忆摘了出来，改写成了中篇小说《月牙儿》，算是《大明湖》的一个精华版吧。《月牙儿》脱胎于《大明湖》，关于这一点，老舍在自己的创作谈里说得明明白白。据说老舍当年为了写《大明湖》而四处搜集济南五三惨案资料，还特别对大明湖鹊华桥一带的烟花柳巷进行过实地考察。《大明湖》中那以皮肉生涯来维持生存的母女后来都跳了大明湖，所以从中择出来的《月牙儿》这个关于下层妇女的故事毫无疑问也是发生在济南的，那对母女是济南妇女。我对把《月牙儿》故事背景硬硬搬至北京的做法和说法，一向嗤之以鼻。《月牙儿》抒情笔调里有一种凄美，当年曾让一个像我这样没心没肺的初中女生感到压抑且悲愤。

我没有出行时带相机的习惯，那次就没有能够在那座老舍单身时住过的楼前留影，却也并不觉得遗憾，认为反正以后还会再来的。可是，谁曾料想，我那次访问麦柯密古楼，既是初见，亦是永诀。

这座麦柯密古楼的命运竟跟写于这座楼上的那部长篇小说《大明湖》一样，后来竟也毁于一场大火。1997年11月19日，这座楼上发生了火灾，当然不是炮火，而应该是电线短路引起的失火，且由于发生在凌晨，报警不够及时，导致抢救失利，整幢楼毁于一旦。这实在称得上诡异，与《大明湖》相关的一切，竟先后都毁于火，都烧成了灰烬。我是第二天从《济南时报》上看到这个新闻的，这则新闻对于我如同讣告，一座在建筑史和文学史上都有着重要价值的经典老楼竟这样荡然无存了。再到后来，听说又在原址上重新建起了一座水泥钢筋混凝土的仿制品，但再也无法与那座砖木结构的老楼同日而语了，有些东西失去之后，就再也无法重来，有谁听说过复制粘贴时间呢？

话说为了今后真的能够像老舍那样当个"写家"，我跟父母闹到了动武的地步，放弃了他们为我设计好的当工程师的大好前程，完全以一个逆子贰臣的姿态，执意去学了文科并念了中文系。待老师课堂上讲到老舍的时候，我从图书馆借了《牛天赐传》来读，那天我笑得好几次差点儿心脏骤停，当时我正在宿舍上铺的床上，笑得又打滚又翻跟头，好几次几乎就要从上铺倒栽葱一般地栽下来。当时我想到了一个十分具体的问题：如果一部小说让读者笑得犯了心脏病，甚至危及性命，作者要不要负法律责任呢？那时候我竟然还不知道，《牛天赐传》就写作于距离我此时所在大学不到五公里的一个普通院落里。

访问济南南新街 54 号（现在的南新街 58 号）是后来的事情了。这是老舍婚后的住所，他在这里住了三年整，写了长篇小说《猫城记》《离婚》《牛天赐传》以及《赶集》中的大部分短篇小说。这条小街就在齐鲁大学校友门即后来改为其他大学的校门的马路对面，藏在一个拐了好几道弯的胡同里。老舍从这里走着去上课，不会超过十分钟。20 世纪 90 年代，我至少去那里访问过两次，那里是私宅，第一次去时，我在院落外面敲着两扇大门的门环，被里面的人隔着紧闭的大门不分青红皂白地吼出三米远去，我只是得以从两扇门之间的细小缝隙费劲地瞥了一眼那小院里隐约着的草木葱茏，连到底看见了什么都说不上来，但那一眼，永难忘记。第二次再去时，好像换成了大铁门，严丝合缝，竟连原先那道细小门缝都被堵死了，隔着大门对里面的人苦苦哀求着说明来意，又被吼得退后到了五米之外去。想必来拜访老舍故居的人太多了，很多像我这样的人打着文学的旗号私闯民宅，这小院如今的主人已经被搅扰得忍无可忍了，才这样大动肝火的。年轻时读过的东西难以忘记，我在古旧的南新街上走着时，老觉得牛天赐就住在这条街上。

终于，有一天，听说南新街上老舍住过的那个院子被政府文物部门从私人手中收购了并且开辟成了"老舍旧居纪念馆"。一个隆冬的下午，我欣然前往。

由于南新街南口已经盖起了齐鲁医院的宿舍楼，我不能像上两次那样从南新街南口直接进入了，于是只好绕着道走，顺便也逛了一下紧邻的上新街。沿途全是百年以上的古香古色的老建筑，虽已没落或朽坏，却仍可以想象得出老舍当年这个地带的繁华，属于上流社会居住区。我从上新街拐到了南新街上。记得老舍是出生在北京新街口的小羊圈胡同，济南的"南新街"与北京的"新街口"，三个字当中就重复了两个字，老舍应该将它们放在一起对比联想过并感到过亲切吧。

这次我得以在南新街上不急不慢地溜达，发现这里街道两边也有很多百年以上的老房子，都属于典型的北方院落，不少还没改造的院落大门口都有老门洞，门洞里有溜光水滑的门槛大石阶和分摆两旁的石礅。

这次，我终于走进了那个我梦寐以求的小院，那个诞生过文学巨著的小院。

院落收拾得很体面。据说各个房间所在位置跟过去年代是一样的，没有变化，只不过老舍在这里住的时候是土坯加茅草的房屋，被后来居住在这里的人家给改成了砖瓦的，而政府收购之后，又进一步进行了整修翻修，布置成了展室——在我看来被整修翻修得过于"新"了，而我不喜欢这"新"。我特别留意的是这院落的房基和门槛，唯有这些位置的白石头或大青石毫无疑问都是原来就有的，从未改变过，它们那样古旧，带着那个时代的气息，是老舍先生真正接触过的。当然，最原汁原味的是院落里的那眼井，想必为了安全起见，已经用防护玻璃把井口给盖住了，但俯下身去，贴近玻璃仍能看得见下面清澈的泉水，至于石井栏，至于井壁内部砌着的石块，当然都是不折不扣的原物，上面有斑驳的时光印记。想当年老舍先生每天清早起来，就来到这口井边，从井中打水，浇他种植的那些花花草草，然后到北屋西侧的南窗下去铺展稿纸来写作。这井里的泉水是丰沛的，老舍的灵感也是丰沛的，浇灌出了中国现代文学史上不可替代的一角，老舍的文学菜园。

那天黄昏，从南新街"老舍旧居"回来，我有些心神不宁。我一直想着仔细察看过的南新街的模样，推断着它在民国时的模样，一种朦朦胧胧的直觉，渐渐地演变成了灵感，这直觉和灵感推动着我，马上找出《牛天赐传》来重读。我知道自己想寻找什么，我利用两天时间一口气把这部长篇小说重读了，不得了，从前我是嫩姜，现在已成了老姜，姜还是老的辣，我发现了问题。

我想说的是：这个写于1934年的小说里其实一点儿"京味"也没有，倒是颇有一些"济南味"的。老舍写这部小说时，已经来济南四年了，他已经融入了当地的风土人情，书中故事发生的地点设在"云城"，小说中又明确引导读者去认为云城既不是北平也不是济南，里面的人物动不动就提及上上海、上天津、去北平，还向往山东烟台和济南府，而对于后者的否定性引导之中，则很有一丝使用障眼法的嫌疑。小说不是报告文学，云城当然未必就是济南，就像《阿Q正传》里的"未庄"未必就是绍兴一样，然而鲁迅写未庄时所运用的个人生活经验明显是来自绍兴；同样，老舍写云城时所运用的个人生活经验明显来自济南，而并不是来自北京。这部小说里的济南元素很多，比如，频繁出现的那个离云城不远的乡下地名"十六里铺"，特别容易让人联想到位于济南城南的十六里河，从老舍任教的齐鲁大学直直往南去大约五公里就到了属于南部山区的乡下十六里河，民国时叫十六里河乡或十六里河村，后来是十六里河公社，现在是城乡接合部的十六里河社区，里面还提到十六里铺村里人们吃的厚鞋底形状的"棒子面饼子"，正是济南南郊村民在贫穷年代的主要吃食。卖落花生的老胡捡到弃婴牛天赐的那个门洞以及门洞里一边用来坐一边用来放落花生的石礅，跟南新街上那些百年老宅的门洞和石礅非常相像。小说里还使用了很多明显的济南方言和山东方言，比如，把花生叫作"长生果"，这是明显的济南叫法，最后资助牛天赐去北平念书的那个王先生把"人"说成"银儿"，分明是胶东方言。小说中还对云城进行了这样的描述："只要战事在云城一带，谁都想先占了云城，这个城阔而且好说话：要什么给什么，要完了再抢一回，双料的肥肉。""云城在新事情上是比别处晚得许多的。""云城是崇拜子贡的，'孔门弟子亦生涯'……"瞧瞧，这样一个地方，不是更像济南吗，哪里有一丝北京的影子？还有一个细节，牛天赐对老黑夫妇的女儿"蜜蜂"产生了青春期的朦胧情愫，天底下姓黑的原本就不多，而南新街上当年就有著名的黑姓人家。黑家是从临清迁到济南的富户，在南新街是有房产的，这家的儿子黑伯龙在 1932 年已来济南读中学了，后来成了著名书画家并热衷养蛐蛐，而黑伯龙的弟弟黑太吉正是抗日战争全面爆发后将老舍最后送上火车南下武汉的三个人之一，火车拥挤得无法从车门进入，于是把老舍从车厢外面硬托着塞进了车窗，也就是说老舍很可能在写这个小说时已经跟黑家的人认识了或者至少听说过这家人，而如今同样在这条街上，南新街 71 号正是黑伯龙、黑太吉的旧居，跟老舍故居算是斜对门……难道这一切完全出于偶然吗？我不明白为什么那么多研究者都梗着脖子大谈"京味"，还有根据这个小说新近改编制作上演的戏剧，宣传广告上明确称"京城少年牛天赐"，我晓得小说不应该跟现实进行对号入座，小说里的人物和地点都可以是虚构的，是个体性与普遍性相融合之后的概括化典型化，但是，具体到这部小说，即使是闲得无聊了，想穿凿附会一下，也应该是"济南少年牛天赐"才对，大家真的都不肯去读原著吗，还是太热衷于往一个作家身上贴"标签"，以至除了标签便六亲不认了？作为一个天生跟写论文有仇的人，我忽然觉得自己责无旁贷地要写上一篇来厘清和纠正一下这个重大问题了，至于题目，就叫《论小说〈牛天赐传〉中的济南元素》吧。

我不喜欢济南的理由有很多个，我喜欢济南的理由也有很多个。老舍在这里生活过，是我喜欢济南的理由之一。每当我走过那些残存的老街巷和老建筑，仿佛还能看到他的身影，看到他在学拳，看到他在市区演讲，看到他在校园里表演相声、他夹着讲义去上课、他在家门口看小贩的担挑子上那新鲜的一枝枝荷花、他挥汗如雨地顶着酷暑写作……

据说平民化的老舍很喜欢赶集，特别喜欢在济南趵突泉附近赶当时的山水沟大集，据他自己说他还常跟集上从近郊南部山区进城来卖柿子柿饼的村人聊天。啊，我又开始想入非非了，也许说不定老舍就遇到过我那进城卖山货的曾外祖父以及我那尚年少的外祖父，并且曾经跟他们攀谈过呢。我这么想象的时候，自己禁不住"嘿嘿嘿"地笑了起来，越想越觉得这是可能的，最后干脆认为那简直是一定的。

老舍写了太多关于济南的散文。自从《济南的冬天》选入中学课本，便成了驻济高校的招生广告，至今老舍仍是驻济高校最好的义务招生宣传员。他后来在青岛待过，在武汉和重庆待过，可是他用如此多的篇幅笔墨并且带着感情色彩来写的，只有济南。大约济南的气息与北京的气息终究还是有些相像的，都是北方内陆城市，两者相距不远，衣食住行方式都比较像吧，那种平易近人和曲山艺海也是相像的，这让老舍感到亲切，同时相较于北京，济南又是异乡，更有新鲜感。同样是山东，他与洋气的青岛反而有些距离感，写济南多，写青岛明显要少。再说青岛那些欧式建筑大概也不会引起老舍太多的新奇，毕竟他自己在英国待过五年，见过的太多了。当然，他还是喜欢青岛的，喜欢归喜欢，只是不像济南那样让他感到亲近而已。他在散文《我的理想家庭》里畅想完了理想家庭的模样，在最后说："这个家庭顶好是在北平，其次是成都或青岛，至坏也得在苏州。"看到这句话，就知道青岛在老舍心中的排名了吧。

我就读的大学就是很多年前原封不动地从青岛照搬过来的。老师、学生、课桌、器材、书籍资料……一切的一切，都是沿着胶济线搬运过来的，除了那巨大的西式建筑实在无法拆迁搬运，只好留在了海边。我刚入学时，在文史楼上课，使用着一种无比笨重又无比结实的桌椅，那样子看上去一万年都不会坏，它有雕花的生铁底座和生铁支撑腿，桌面椅面全是溜光水滑的厚木圆木，而且课桌与座椅是连体的，这样的成套桌椅则又是两套一组地连着体。一个很大年纪的古代文学老师站在讲台上，说："你们正在使用着的这些课桌，是我们那几届学生沿胶济线一路扛过来抬过来的，先是一步步地扛着抬着到了青岛火车站，装上火车，等火车开到了济南，再从火车上把它们卸下来，再从济南火车站一步一步地扛着抬着，到了这里的新校址……"有个男生替我问了一句蠢话："为什么不用大卡车？"大家哄笑，就像听到有人在饥荒年抱怨没粮食吃，接着被质问为什么不吃牛肉一样。于是我开始胡思乱想了，此时此刻我这正使用着的这张课桌，没准儿就是当年老舍先生在此中文系任教期间曾经在课间休息时临时坐过的或者抚摩过的呢，我越想越觉得我的想法合理，下了课还追在那个古代文学老师后面，跟他探讨了一番我的这个想法，他最后不得不承认我的想象属于合理想象，我固执地说："不是想象，而是真正发生过。"

　　我毕业工作了一些年之后，又返回到曾经就读过的大学，在文史楼的中文系会议室里继续装模作样地听课。

这次发现墙上高挂上去了一些放大了的黑白人物相片，都是曾经在这个系里任教过的著名人物，其中就有老舍，这里以他们曾经在这里任教为荣。其实在那把四周墙壁围了整整一圈的人物之中，我觉得最了不起的人就是老舍，我对其他那些人基本上无感。老舍身上本民族的成分很多，同时由于在英美长期生活过，也是蛮西化的，他不像鲁迅那样爱穿中式长衫，倒是特别喜欢穿西装系领带，脖子里偶尔还要在领带上方系一个精致的窄围巾，他戴的那只黑框圆眼镜，跟我正戴着的这一副倒是有些相像。老舍当然喜欢喝茶，但是每天早上起来喝的第一杯东西则一定是咖啡……就这样，我看着照片走神的时间远远多于听课的时间。

自从使用了老舍"莫须有"地坐过或摸过的文史楼教室里的桌椅，我就决定去青岛看看了。那个学年的期末考试刚刚考完，十八岁半的我，约上一位工科女同学，坐上绿皮火车第一次去青岛，第一次去看大海。到达青岛的那一天的午后，我们在能望见海的一条马路上背靠着一面厚石头墙，直接在法桐遮盖的人行道上坐了下来，那个年代的青岛太干净了也太安静了，这样坐下来并不觉得有什么不妥当。实在太累了，坐了大半夜火车又马不停蹄地在海边玩了大半天，我们自己也没有料想到刚坐下不久竟然都呼呼地睡过去了，阳光从树缝里照下来，暖洋洋的，海风吹过来，拂在脸上有着凉丝丝的惬意，真是"面朝大海，春暖花开"啊。不知睡了多久，睁开眼睛一看，看到了那么多的脚和腿，天哪，人行道上变得人来人往的，我们两个姑娘家像盲流一样睡在墙角，还把穿裙子的半裸的腿舒舒服服地伸得老长，挡着人家的道！赶紧起来，发现太阳已经西斜。接下来我们在街上闲逛，稀里糊涂地乱走，七拐八拐地乱走，无意中走到了黄县路上，惊讶地发现那里有一幢淡黄色西式楼房，院墙上竟然有一块"老舍故居"标识牌！我简直不敢相信自己的眼睛，我竟懵懵懂懂就走到老舍故居来了，似乎老舍知道我要来而故意地等在了路边，迎接我。老舍在青岛搬来搬去地住过其他一些地方，但住得最持久且保存最完好的就是黄县路6号（现在的黄县路12号）这幢楼，他在这里写出了《骆驼祥子》。我的心雀跃，这是我从小就喜欢的老舍住过的地方啊！小楼里显然同时住着十多户人家，似乎听到了洗菜淘米的流水声和小孩的吵闹，有着老百姓过日子的日常气息。我盯着那幢楼看了好长时间，我在想，这么多窗子，老舍究竟是在哪个窗下写《骆驼祥子》的呢？

很多年过去了，我人到中年，打算再访黄县路老舍故居，听说那里已将所有住户迁出并开辟成了一个"骆驼祥子博物馆"，成了全国唯一的以文学作品名字来命名的博物馆。我是从青岛火车站打出租车过去的。听说我要去骆驼祥子博物馆，那位健谈的出租车司机跟我说："我们出租车司机就是骆驼祥子啊！"我说："哪能啊，新时代了，你们都已经安装上发动机了！"他解释说："其实，本质上还是一样的，这活儿，按俗话说，好汉不愿干，赖汉干不了……我们有一个出租车司机微信群，就叫'骆驼祥子群'。"下车时我对司机师傅说："谢谢你，骆驼祥子！再见，骆驼祥子！"

这次来，虽没有上次那么惊喜，却比上次来时看得仔细。院中有棵粗大银杏树正黄叶飘飘，据说有七十岁了，简单地做一下算术，老舍在这里时，还没有这棵树呢。近看这个两层的西式小楼，基本为石头建筑，结实得很，拱形门和长方形竖窗都漆成了红色，窗子很高，外面安装了欧式的雕花铁艺护栏。据说当年老舍一家住着第一层的那些房间，楼上第二层住的是房东。

老舍一家住过的整个一楼都布置成了展厅。展厅里是"老舍与青岛"主题的图片，他在山大时教过的课程有小说作法、文艺思潮、文艺批评、高级作文、欧洲文学概论、欧洲通史等。展厅里有他使用过的钢笔，他使用过的印泥罐，还有他穿过的一件马夹。在展厅中心区域有一个不断播放着的屏幕，在那里可以听到老舍一生中最后的声音录音，那是 1966 年 1 月日本广播电台（NHK）记者来华访问时对老舍的采访录音中的一段，那时距离老舍离开人世只有七个月的时间了。先生的声音淳厚而从容，略微带了一点儿京腔，他的京腔远没有我想象中的那么明显，大约是先生此生有相当长时间生活在外省和外国的缘故吧。

在这幢西式楼房后面，在院落一角，有一家"荒岛书店"，进入书店然后再从书店走出去，就算是走出了"骆驼祥子博物馆"。这家小书店虽然开业不久，却有着 20 世纪 30 年代的文艺气息，据说与那个年代的同名书店有着基因关联，如今这个书店里的书要么与中国现代文学史上的作家有关，要么与岛城有关。

黄县路紧挨着一座小山，那上面有德国人建的用来指挥胶州湾船只的信号发布台，所以叫信号山。老舍写《骆驼祥子》写累了，会就近登山休息一下吧。山路上有新台阶和老台阶，老台阶是直接从棕红色山岩之中凿出来的，窄窄的，很不规则，这旧石阶定是老舍当年走过的吧。从山顶上可以直接看见海，海离得那么近啊，想象当年楼房稀少时，老舍登临此处观海，视野比今天要直接和开阔得多，就仿佛站在自家凉台上。

那天我和从青岛大学赶来与我会合的闺密一起，站在信号山山顶上，望着大海，谈论老舍以及他的死。

老舍在1937年8月第二次受聘于齐鲁大学，又从青岛搬回了济南，老舍一家这次住进了建于20世纪初的教授楼。那时在校园长柏路及其相邻地段沿东西方向共分布了二十四座风貌相似而又不肯重样的小洋楼，组成了别墅群。如今这样的别墅还保存下来十二幢，其中就有老舍一家住过的那幢长柏路2号（现在的长柏路11号）。

我专程去寻访长柏路11号的那天，是一个寒冷冬日的下午三四点钟。前不久下过一场雪，校园里还有不少积雪。如今作为山东大学齐鲁医学院所在地，据说这些老旧的别墅楼里合住着学校的教职工。我在长柏路上把那些老别墅一幢一幢地数过去，就是找不到11号在哪里，我问过路的老师和学生，竟无人知晓。

除了生长着很多柏树，这里还有不少粗大的法桐，最粗大的法桐直径有一个圆形饭桌那么大，估计两个人都合抱不过来。这里的每幢别墅楼的北面都紧挨着建了一排像是跟别墅配套的石头平房。我最终还是在校园西边的柏树丛中把那幢楼给找到了，楼门前有一个很不显眼的破旧的蓝底白字的牌子："长柏路11号"。这是一座单幢的两层的小洋楼，它有一个带烟囱的坡形屋顶，像是戴了一顶红帽子。在楼的中间位置，南面北面分别各有一个楼门，两个楼门均有楼梯从一楼通往二楼，那楼梯没有拐弯，是直直长长地一下子通上去的。这中间的两个楼门和两道楼梯就这样把一幢小楼分成了东半边和西半边的两个部分，老舍一家当年住在东半边的那两层，楼下两大间是客厅和书房，楼上是三间卧室。如今这幢小楼被改造过了，北面的楼门锁上了，只能走南边的楼门，看上去住了不是两家，像是住了四家，有空调外机挂在灰砖墙上，现在住老舍家二楼的那家还把中间楼门上方的凉台给用铝合金封起来了，破坏了这幢小洋楼的整体美观。在南边那个敞开着的楼门的右侧墙上，钉着一块很老旧的中英文对照的牌子，大意是说作家舒舍予曾经在这里居住过。我在想，如今正住在这幢楼里的医学院教师或附属医院的医生，会不会总是想着老舍，由此对文学发生兴趣，像被什么附了体一样，总想一试身手去写小说，以至于弃医从文了呢？

1937年夏秋之际，日本人就要打到山东来了。济南的老百姓和齐鲁大学的师生们都陆续开始流亡了，老舍在这幢楼上一边写作和备课，一边观望着。老舍在这幢楼上读陆游的《剑南诗稿》来稳定心绪，听广播看报纸关心动荡时局，还在这楼上会见过一次诗人臧克家。

这已经是他在济南也是在山东的最后时光了。他很快将结束了他一生中最富有创造力的大好年华，与山东这块土地永别。他一生中所有的照片，唯有在济南和青岛时期的，笑得最自然最开心，那是他三十一岁至三十九岁之间的时光。

终于到了再也不能等下去的时候，那是 1937 年 11 月 15 日傍晚，济南黄河大桥被炸，济南即将沦陷，老舍这才下定决心，拎起行李箱，告别家人，匆匆离去。他不知道这是与山东的永别，他以为还能回来，就把一大箱子讲义日记文稿等资料继续留在这个单幢的小洋楼上，他没有预料到接下来那个大木箱将在日本人进驻校园时丢失，再也找不到了。

我进了楼门，顺着那长直的楼梯到了二楼，东西两家都安装着防盗门。这个昏暗的小楼梯间，白天也是亮着白炽灯泡的。我抬起头来，看到楼顶天花板上有一个方形洞口，是用一块薄木板随便遮挡上的，旁边一小部分白色墙皮剥落了，裸露出来那构成天花板内部结构的一排排木条。既然这座楼的外形上有一个坡屋顶，那么这个天花板上面应该是一个类似阁楼样的空间了，大约相当于一个很狭小的阁子间吧，那么老舍丢失了的那箱子文稿会不会就藏在这个小阁子间里面呢？这么多年，难道就没有人找个梯子爬进去找一找吗？

站在二楼两家之间那狭小的过渡平台上，通过这道楼梯往楼门口望过去，这楼梯直直长长地一下子就通到了一楼的楼门口。那个初冬的傍晚，老舍先生就是从这个悠长又昏暗的楼梯走下去的。那天他从这个楼梯走下去，走出这个楼门，就再也没有回来。他走出这个朱红色楼门的时候，暮色正笼罩四野，像未卜的前途那样茫茫。他出了校园，直奔火车站，赶上最后一班南下的运载着士兵的火车，奔武汉而去，从此他在风雨飘摇之中不停地奔走，在时代洪流之中无法停歇地奔走，被裹挟着奔走……直至奔向太平湖。

济南和青岛这两座城永远不会忘记他，永远忘不了那个"写家"。有时我坐在火车上在这两座城之间来来往往时，仿佛能听到两座城正在通过铁轨进行对话：

"近一百年来，从济南到青岛，从青岛到济南，谁是最可爱的人？"

"老舍。当然是老舍。"

2021 年 1 月

顾城的渤海村庄

我抵达火道村的时候，是一个秋天的清晨。

这个大清早，村头不见人影。太阳渐渐升起，照耀着四处飘荡的云雾，"它们飘到了火道，/变成一个个空想"。村庄及村外的原野上，万物都在"肃静中呆立。/只有一颗新生的露珠，/在把阳光，大胆地分析"。夏天已经过去，曾经，就在不久之前，在这村庄附近，在潍河草滩上，在渤海的莱州湾滩涂上，"太阳烘着地球，/像烤一块面包"。而今时令进入深秋，抬头望见天空中一排大雁正往南飞，它们将"告诉慈爱的春天，/不要忘记这里的渔村"。

我为什么来到这里？我来此地是想"在马齿苋/肿痛的土路上"循着大约半个世纪前某个少年的足迹走一走，寻找"像遗失的纽扣"那样星星点点地撒着的野花。

就在刚才，在乘出租车开往这火道村的途中，那个本地司机不断地向我介绍附近的地理及其变迁：车窗外，道路两旁，那些方形的蓝色水塘，是用来晒盐的盐池。此处是盐碱地，抽上来的地下水，都是浸进海水的卤水，这里离海太近了，难以打出淡水。这周围曾经都是渔村，后来，大约二十年前吧，北边填海造地，导致海水倒退了很多，建成农田和镇子。原本保留下来的不少盐池也正在逐渐减少，一些造纸厂、化纤厂等污染企业都从市区搬了过来，另外，还有一些圈起来没来得及使用的荒地……车窗外不断掠过的那些大货车基本上都是拉盐的车，也有一些油罐车，动不动就拉上百吨，路面原本很好，刚修了没几年，就被压得坑坑洼洼了。

沿途的盐碱地上，很少见到大树，而以荆条为主的灌木居多，都变成了棕红色，倒是蛮好看的，还有一些就是矮细的小树了。途中经过白浪河和潍河，这两条河相距不远，在大地上平行着，都从这里入海，河汊子与海汊子相连在了一起，淡水渐变成咸水。经过一座桥时，看见潍河静静地仰躺在蓝蓝的天空下，火道村马上就要到了。往北拐之后，越接近大海，村子越少，火道村差不多算是最北边的村子了，恰好位于潍河入海口的一个海汊子上。

从这里再往北，就是码头和海边了。

村子及其周边地区，地势低平，明显有些空旷。想必在过去年代，建筑物少时，更加显得荒凉和旷远吧。就像那个曾经客居此地的少年所讲的："从这个村子出去的时候，你可以看到最原始的天和地，正像中国古人说的：天如盖，地如盘，大地和天空都是圆的，你看不见其他任何人造的东西……你就永远站在这个天地中间，独自接受太阳的照耀。"那个少年就这样从"布满齿轮的城市"忽然来到了这僻远之地，独自站立在天地之间的荒野上，而荒野，有生长的力量，有繁殖的力量，有原创的力量，有孤独的力量，有异于平均主义的个性的力量。

普罗米修斯为人类盗来火种。燧人氏钻木取火。唐太宗东征"道中取火"的村子被赐名"火道村"，也就是说当年唐王在此练兵，周边荒凉，找不到火来用，直到进入这个村子才发现了火。而 20 世纪 60 年代末至 70 年代前期，一个从京城来的少年又从这个村子里撷取了他的诗歌火种，由此以后，他的诗歌燃出了火花，并最终成为一场盛大的生命的篝火。1969 年初冬，在离京临行前，在奔赴山东半岛的车上，在为抵达这个渤海村庄而迁徙辗转的半路上，这个刚满十三岁的少年一直在写着诗，他就那样一路写了过来。有趣的是，在这个过程中，他写的每一首诗里几乎都出现了"火"的意象，他知道他即将抵达的那个村庄的名字里，镶嵌着一个"火"字。

这个少年，名叫顾城。

顾城一家四口在 1969 年至 1974 年从京城下放山东五年，恰是顾城进入青春期的十三岁至十八岁期间。据我的并不确切的统计，他在山东写下了差不多有二百首诗歌。其中除了跟随父亲顾工进入济南军区政治部在济南生活过一年并写过类似"路路连千佛，泉泉汇大明"之类的旧体诗之外，他的其他"山东时间"则均生活在潍坊昌邑县东冢公社火道村，即现在的昌邑市下营镇火道村。此处位于昌邑最北部，偶尔被简称为"昌北"，附近渤海之中那段莱州湾，有时也被称为北海，古时这一带曾设北海郡。少年顾城在这个渤海边村庄里灵感四射，根据我的也是并不确切的统计，他在这里写下了包括《生命幻想曲》在内的至少一百二十首诗作。在每首诗的后面都标注了写作年代、写作地点甚至有的还约略注上了写作背景，比如："1969，火道村""1970，潍河下游""1970.11.10，火道村""1970 年元月，火道村""1970，火道，茅屋中""1970，下营村外""1970 年东冢公社火道村""1970 年二连，和爸爸煮猪食""1970，昌北农场""1971 年夏，自潍河归来""1971 年 5 月，火道，割草路上""1971 中秋夜，火道小院""1971，火道，水塘边""1971 年，牛车上""1971 年夏，火道村，草滩上""1972 年 2 月，火道—农场路上""1972，割麦"……他几乎是在用诗歌来写日记，有时干脆以现代诗的形式从火道村给远方的长辈们写信。

我走进安静的村子。也许是为躲避海风之故，这里的房子与山东其他地域的高瓦明屋相比，明显盖得都矮了一些。村里的道路旁置放着很多当季收获的金灿灿的玉米，玉米堆成了圆柱形的堡垒状，外面还用丝网给罩了起来。村道两旁的白粉墙上画着彩色宣传画，有"盐村—火道"字样，看来这里也是晒盐产盐之地。忽然我发现墙上竟有一张彩色画像，看上去应该就是顾城，画得不是很像，但通过那顶头戴的牛仔布裤腿做成的筒状高帽，还是能辨认出是顾城，而不会是别人。看来这个村子里的人并没有忘记那个在这里生活过的少年，当然顾城也没有忘记这个点燃了他诗歌之火的村子，他后来经常提及火道村，并且说："我是一个放猪的孩子"，"我是一个在盐碱滩上长大的孩子"。他在国外接受访谈时，一遍又一遍地谈及他少时在山东养猪放猪的经历，有一次采访完毕，最后一个提问是："你觉得还有谁会同意你这些观点？"他回答："我的猪会同意。"

并不夸张地说，顾城是在火道村度过了他的少年时代，跟随下放的诗人父亲顾工在这里喂猪放猪，还养羊、养狗、养兔子、割草、拾柴火，同时写出了留待后来发表的成名作和代表作，正式开启了诗人生涯。

可能我来得太早了，村委会的小院里没有人，村委办公室上着锁，隔壁那间"火道村知青馆"，同时挂着"潍坊市青少年红色文化教育基地"的牌子，也上了锁。

我得找至少在六十五岁以上的人，才可能认识并且了解顾城。毕竟已经过去了将近五十年了。遇到一个扫街的中年妇女，我打听顾城，她直摇头。这时有一个中年男人出来倒垃圾，我问及顾城，他说他什么也不知道，但他愿意领我去王校长家，认为王校长应该知道一些情况。

于是我见到了从火道村完小退休的王庭祥校长。王校长方形脸盘，高大健硕，看上去顶多六十岁，太年轻了，对于将近五十年前的事情，能知道多少？正在我有些疑虑时，王校长却说自己快七十岁了。哦？我一下子觉得有希望了。他又告诉我，顾城一家在火道村住过三处房子，住的第一处正是他家院里的一幢闲屋。哦？我一下子兴奋起来，觉得有戏。

　　王校长刚洗刷完毕，还没有来得及吃早饭，就被我缠上了。我们坐在他家堂屋沙发上聊起来。王校长记忆力很好，他开始了属于他的回忆：他与顾城的姐姐顾乡是高中同学，顾乡比他小一岁，属马的，今年该六十七岁了吧？顾乡一直在这里读完高中，而顾城在这里没上过学，辍学在家。他们上的那个高中叫昌邑县东冢中学。当时他在一班，顾乡在二班。那时的高中是两年制的，他记得很清楚，1969 年 12 月 8 日开学，1972 年 1 月 18 日毕业——那时的学期起始日期与现在也不一样——顾乡整个高中时代都在这里就读，她也爱写作。顾城一家四口，刚来时，就住在王庭祥家。顾家住在东面两间房，王家住在西面两间房，还有一间是两家共用的。后来，顾家搬到了紧挨着王庭祥家对门另一家去住了，也是王家本家的一户人家，住在东厢房的偏房里。记得顾城母亲个子矮，人很和善，常常跟王庭祥的母亲聊天。他们一家到来的具体日期，已经不记得了，大约是 1969 年秋冬之交吧。火道村旁边，当时有一个 6094 部队昌邑农场，顾工下放到那里喂猪，一家四口则住在村子里，但其实他们既不属于部队上的人员，也不属于村民。跟顾城住在一个院子里，当时听到顾城说话的声音，声带已经变声了，想必应该进入了青春期，但顾城很少说话，出来进去的，基本上都不吭声。很久很久以后，等到已经出事了，才知道顾城后来所有那些事情的，还有朦胧诗也是后来才知道的。前两年，新西兰来过一个人，访问顾城住过的这个村子，当时录了一段录音，王校长在里面对着顾乡说了一段话，来人说带回去给顾乡听，但后来一直没有消息，也不知道捎信捎到了没有。

接下来，王校长一遍又一遍地问我：你能联系上顾乡吗？我回答他，我没有联系方式，但是愿意通过一些渠道间接地帮他打听一下。看得出，他迫切地想联系老同学。他遗憾地告诉我："高中同学每次聚会，顾乡都没有来过。"

我想去看看顾城住过的老房子。在他们到来后新安置的家中，"忽然惊醒的火跳出了炉口/吓跑了门缝中守望的星星"，他曾经"在昌北狭小的茅屋里，/蒸煮着粗粟黄米"，那小小的茅屋在夜晚"成了月宫的邻居。/去喝一杯桂花茶吧！/顺便问问户口问题。"

接下来，王校长自动提出带我去看看当年顾城住过的他家的那处老房子原址，以及住过的第二家房子原址。如今村子重新规划过了，顾城一家住过的老房子早已不在了，种上了树。我们往村外走去，过去的老房子的原址如今竟已经变成了村外。村子重新规划之后，过去的痕迹已经很少了，现在村子的主干路是东西走向的，路两旁是农家院落。

当年顾城一家四口住过的前两处的房子的原址，如今已经是一大片树林子了，旁边有石头碑刻，上写"知青林"。林子里种了些杂树，都长得不高，在这样的深秋，黄绿相间，大致有槐树、柳树、杨树、女贞、白蜡什么的，还有冬青月季等更矮的灌木。林子中间有一条窄小的甬路，把林子分成了两部分。王校长指着甬路的右边说，那曾经是他自家老宅，而隔着甬路的对面，紧挨着的那片林子，就是顾城他们住过的第二家的原址。树林子旁边竖立着一块一人多高的长方形红色铁框架，王校长指着那架子告诉我，这里本来是一块宣传牌，上面有对于顾城的介绍，结果风太大了，给吹跑了，只剩下了空的金属框架。

王校长领我沿着林子中间的小路继续往村外田野方向走，可以看到空旷田野了，有一些已经掰了玉米棒子之后没有被砍掉的玉米秸秆，枯干了，还成排地挺立在风中，迎接冬天。王校长说要带我去看一下不远处的干沟河，我们走到了一个很小的桥坝上，那下面是裸露着石块水泥的沟底，已经完全干涸了。王校长说，顾城在村里那个时候，是没有这个桥坝的，桥坝是后来修的，那时直接用扁担铁桶到这里来挑水，担回去吃，那时还没有自来水。他还告诉我：干沟河水来自峡山水库，河水很清澈，这条河的东边就是大片稻田，这里产的大米很好吃。我忽然想起那个少年描写村野之夜时的句子"星星混着烛火/银河连着水渠"，诗中的水渠，指的一定就是家门口这条有着来自峡山水库的清清水流的干沟河吧。

王校长告诉我，顾城一家下放来时，没有硬性任务，相比成天为口粮发愁的本村农人，他们基本上过着悠闲的生活。

大海、滩涂、一条又一条河流、草滩、蓝天、稻田、空旷四野、高天远地……想想 60 年代末 70 年代前期，这个小村多么美啊，对于一户从京城来到这里客居同时没有太大生存压力的爱好文学的人家来说，正是诗意栖居啊。

正说着，一个汉子带着一个女子骑摩托车过来了，摩托车上还横放着农具。王校长拦住他们，简单地为我们相互介绍彼此，说："真巧了，这就是顾城住的那第二家的人了，也姓王，是本家，当时我们两家住对门。"然后又对摩托车上的来人说："记得你们家大哥那时候常到这不远处的干沟河里给顾工一家挑水。"摩托车上的人叫王维湖，比顾城小七岁，顾家住在他家时，王维湖也就六七岁的样子，已经记事了。王维湖现在应该有五十六七岁了，但看上去顶多五十出头。夫妇俩刚刚大清早从田里干农活回来，摩托车上横放着锄具，后座上坐着媳妇，二人就坐在停下来的那辆摩托车上，跟我们说话。女人穿了红毛衣，不吭声，只用手扶靠着丈夫的后背，坐在后面座上。王维湖的童年遇到了顾城的少年，在一个庭院里度过。王维湖也提到，顾城不爱讲话，他们家人跟村民交流都不多。接着又说，在他的童年印象里，顾城的父亲常常在家读书写作，同时教顾城念书。他想了想，又提及，有一次顾城的父亲从部队带回家一只刚出生不久的黑色的小狼狗，顾城就跟那只狗一起玩。王维湖提到狗，让我想起顾城后来确实专门写文章回忆起在火道村养过的几只小狗的故事。

看得出王维湖不是爱说话的人，但关于顾城的话题，他还是挺愿意跟我交流的。我问他："你是什么时候知道顾城是个诗人并且关于他后来的故事的？"他说："也就是近十来年吧，有人来访，才知道的，市电视台为了拍片来采访过我母亲。"

接下来，我问了一个很庸俗的问题："顾城一家当年住村民的房子，付租金吗？"王维湖微微露着笑意说：

"那时候不像现在，人们不会去想这种问题，谁家有空闲房子，公家派下来，都会答应。"接着他又补充了一下，部队当时还在他家里设了一个专门放东西的仓库。

我们聊着聊着，忽然这个老实敦厚的汉子有些动情地提高了嗓音："这里的人想念他们一家！"

我问起小时候住在一个院子里，他跟顾城在一起玩的时候多不多，他有些羞赧地说："人家是读书人，有成绩，与俺们不一样。"听了这话，我特意看了一眼他摩托车后座上的安安静静的媳妇，认真地对他说："其实，顾城可不如你幸福！"他听了我的话，默然。其实我在心里还悄无声息地对摩托车后座上的女人说了一句："假如谢烨有前后眼，让她与你对换，她也许宁愿像你一样当一个农妇。"是啊，看到他们在摩托车上相依偎的样子，想想顾城谢烨他们魂断激流岛，那么，谁能告诉我，究竟何谓幸福？

王校长又领我去看顾城一家住过的第三个地方，村西头一处闲房的原址。而我记得顾城回忆火道村时，清楚地说他家先是住在村西，后搬至村东，为何现在却变成了先住村东，后来搬到村西？究竟谁的记忆有误呢，还是大家记忆其实都没有错误，只是村庄重新规划导致相对方位发生了改变？

王校长领着我快走到这第三处房子原址时，特别告诉我，这个原址本来在村西头的路北，而后来对村庄进行了重新规划，使得道路发生变化，这个曾经的路北，后来就变成了现在的路南了。

我老老实实地告诉王校长，应该是从今天早晨一进村起，我就掉向了。我感觉里的方向跟别人告诉我的方向都是完全反着来的。

从小到大，我的方位感一直特别强，并引以为荣。而人到中年之后，竟像是发生了基因突变，一旦来到一个陌生地方，无论这个地方的布局多么简单明了，我都很有可能会掉向。如今的解决办法是随时随地请教他人："请问，哪边是北？""请问，哪边是东？"或者干脆开启智能手机里的指南针功能，总之要对自己的方向错觉从理性上进行强行校正。

顾家一家四口在这个村西头的第三处住处住得时间最久。村西头路北有一家闲置房，他们当时就住在那里，现在原址已拆掉了，在上面重新盖了房子，房子看上去也显旧了，院里杨树在此地已经算得上粗大，但也是后来才种上的。

村子里如今只剩下了唯一的一幢当年的老房子，就在顾城一家曾住过的房屋原址的对面，也就是南面，两院紧挨。这个遗留下来的院落看上去像是半个四合院的模样，房子是传统的瓦房，院里的槐树枝子高过屋顶，房子像是后来被粉刷成了白灰相间的两色，朝向村子的一面有两座房屋的山墙和屋脊，还有两屋之间搭建的平顶屋的木棂玻璃窗，而朝向村外马路的那一面，成了门头房，是一家办理中国移动业务的小店，门上横挂着一个天蓝色大牌子，上写"田园通信　办卡缴费　名牌手机"。

当年顾城每天走出自己的家门，首先看见的就是对面这处院落。

在那里四处观望时，遇上了一个据称跟王校长年纪相仿的人，家就住在这第三处的原址附近。王校长叫住他，我们一起聊了聊。我问他："你见过顾城吗？"他说："当然见过了，天天住对门！"接下来他提及，顾城见了人不爱说话，他不上学，就在家里玩，一家四口有一辆自行车，那时有自行车的人家很少，他们一家四口常常在土路上骑行，前面骑着后面带着，很让当时忙于劳作的贫穷的村里人羡慕。接下来他又补充道，他们与村民来往不多，一家人常常自己去赶集买菜。

在北京时就不怎么上学，来了山东也不上学，为什么顾城不上学呢？这个在我脑子里盘桓不去的问题，也是很多人共同想问的一个问题。你问我，我问他，他又来问我，到底问谁去？这个问题，既是一个问题，同时也不是一个问题。反正，那个任性的孩子，那个被幻想妈妈宠坏的孩子，就是不上学，不想上，不愿上，那就不上呗。在来山东渤海边的村庄之前，顾城早就在大脑里构想出一个颇具魔幻现实主义色彩的"布林"的形象，布林既是他臆想中的朋友同时也是顾城他自己，布林逃学，不想上学，在家一直忙着自己喜欢的事业：金属冶炼和加工食品饲料喂养小动物。布林这个形象存在了很久，偶尔被忘记，终又被记起，并一直持续到新西兰激流岛上。顾城后来以布林为主人公把一首寓言长诗断断续续地写了十年以上，颇具自传性质。布林懂得"没有目的"的重要性，布林活在这个世上，只追求有意思和有趣。

那个不上学的少年，跟着爸爸一起养猪，每天煮拌猪食，由于饲料缺乏，猪都饿得瘦骨嶙峋，于是只好把猪赶到盐碱地和河滩上去，让它们自己找草吃。当爸爸在河里游泳时，少年拿着棍棒在距离大海不远的河滩上写诗，而猪们则早已跑得不知去向。

接下来，我跟王校长道别，从火道村继续往北去。北行大约五公里，到达了海边。当年顾城他们一家经常到这海边来。

接近下营镇的码头时，沿路可见做水产的店铺公司，途中摆放着一些腌蟹子、做虾酱的大缸。码头是一个岸堤直立的小海湾，停靠着一些较大的渔船，也有几艘属于渔政上的大客轮。

继续往北走，就看见了大片大片的海滩和辽远的大海。潍坊的海岸线主要分布在从昌邑到寿光一带，这里的地形为平原，天然礁石很少，滩涂基本上均为泥质，面积称得上广大。看见了一艘艘的渔船，彼此相隔不远，要么在滩涂上停靠着，要么在青蓝色海面上漂浮着不动弹，那个少年诗人当年曾经写到这里的大批木船："它们像是疲乏了，/露出宽厚的脊背，/晒着太阳。"他还有些动情地表达志向："在文学的大海边畅饮。"

成群结队的白色鸥鸟栖落在滩涂上，聚在某一处避风避浪，扎堆晒太阳，远望过去就是一些密密麻麻的小白点，几乎静止不动，也许是在开大会吧，还有一些则三三两两地在浅海里游弋着。我头一次知道，海鸥不仅会飞翔和行走，还会游泳。

在海边滩涂上，在附近的野地里，常常会看到一簇簇的发红的野菜，紧贴地皮生长着，在生长得多的地方，望过去，会连成一大片。不知它们本来就是这么红呢，还是由于季节原因，由绿变成了红。当地人告诉我，这叫黄细菜,这里的盐碱地上生长着很多,人可以吃,猪也喜欢吃。看来当年顾城放猪时,应该是专找这种生长着黄细菜的地方吧。

"把我的幻影和梦/放在狭长的贝壳里/柳枝编成的船篷/还旋绕着夏蝉的长鸣/拉紧桅绳/风吹起晨雾的帆/我开航了//没有目的/在蓝天中荡漾/让阳光的瀑布/洗黑我的皮肤……天微明/海洋挤满阴云的冰山……我到那里去呵/宇宙是这样的无边……"我在心里一遍遍默诵着这些熟悉的诗句,忽然意识到,这么多年以来,我一直以为《生命幻想曲》是完全凭借一个少年人的想象力而写成,这个认识是不对的!此诗中的想象固然极其飞扬,非一般人可比,但毕竟"诗是经验",只有到了这火道村附近的海边,才真正意识到,1971年夏天写下的这首诗的内容和节奏,以及这首诗中的辽远和旷漠之感,恰恰来自那个十四岁少年的个人经验,来自这潍河尽头的海滨。

他们从京城到外省乡间暂居,虽无亲无故,好在所遇民风淳朴。既不属于部队人员也不属于村民,这种特殊的位置和身份,使得他们在那个剑拔弩张的时代反而能够保持着疏离的神情,拥有了一种从集体分离出来的相对个体化的生存形式,在不自由中获得了自由。既最大程度上远离了那个年代特有的既刺耳又高亢的喧响，同时又不太有当地村民的物质之困，物理和心理的双重距离使得审美得以产生，再加上那种与大自然互动中的格式塔心理学效应，于是，一个少年的禀赋在无意识之中被发觉，在没有目的的状态下被开发，《生命幻想曲》从观察、直觉和天启之中产生出来了。

不早也不晚，恰恰就在青春期的最敏感阶段，在审美观形成的最关键时期，上天安排一个天才少年从中心城市来到偏远乡间，让大自然做他的老师，教导他人的生命与万物的生命是共通的，与此同时，又使他得以巧妙地躲避了当时整个社会的滚滚洪流。而当他在外省乡间完成了自我天赋的启动，时代的表情忽然变得温和与松弛起来，少年正在变成青年，又得以返回京城，带着他在海边村庄写下的诗篇，带着他取来的灵感之火，进入了一个文学可以催眠、诗歌可以让人中蛊的时代，于是他成为新诗潮的代表人物。从诗歌角度来讲，顾城何其幸运，他比很多人都幸运，命运给顾城送过一个叫作"火道村"的大礼包。

顾城在火道村及其附近，留下了那么多黑白照片，无论在田野里还是在庭院中茅屋前，无论与猪合影还是与羊合影，都是有笑容的，神情舒展。那上面的那个少年，还没有像后来那样走到哪里都戴着一顶半截裤腿般的高帽子，那上面的少年，长得好看，眼睛里有星辰大海。

我正在胡思乱想的时候，忽然，不远不近地，从半空中传来了很大的炸裂的响声。站在后来为防潮水和为养殖而修建起来的海中长坝上，望向海的另一侧，那里有一道部队专修专用的海中坝，上面有一丛一堆的东西，专为打靶之用，射击朝着警示区域之内的无人的外海。刚才的炸裂声来自正在海上练习打靶的部队，据说济南军区也常常有过来打靶的。这不由得令人想起这昌邑北部一带在战国时期曾经是军事家孙膑的采邑，这里的民间一直就有专供孙膑的庙宇。

那个天才少年从火道村走出去之后，只活了二十年。他辗转国内各地及世界各地，生命终止于新西兰激流岛。他在那南半球的荒凉的岛上时，想必也常忆及少年时代生活过的山东渤海边的小村庄吧，对于一个社会化极弱的人来说，二者确乎有着某些相似之处。那个少年一直拒绝进入成人世界，自始至终都不肯被社会化，他最大限度地排斥着外界社会，而那种由诗歌文本终至人格内核的极端"纯粹"之中已经悄悄地包含了一种可怕的成分。好像尼采说过，人在孤独之中，一切都可以获得——除了精神正常。

这个天才诗人离开世界的方式是惨烈的，先是将爱人打伤致死，又用一根绳子将自己挂在了树上。关于此事的各类评论已经太多，以至于我不想再发任何议论了。我只想说，他最后的行为，让像我这样如此喜欢他的诗歌同时也喜欢他的人的后来者们，情何以堪？如之奈何？

中国的火道村与新西兰的激流岛相距何其遥远，而那里的海与这里的海毕竟是相通的。诗人的墓床，根据他在晚期诗中的想象应当是在海边，在松林之中。他认为自己死后，"人时已尽，人世很长/我在中间应当休息"，此句似乎呼应着他少年时代在渤海边的村庄里所写下的那个著名的句子："睡吧！合上双眼，/世界就与我无关。"

2020 年 11 月